徐志摩作品精選 2

經典新版

我所知道的康橋

徐志摩

徐志摩——著

《我所知道的康橋》目次

我所知道的康橋

一

我這一生的周折，大都尋得出感情的線索。不論別的，單說求學。我到英國是為要從羅素。羅素來中國時，我已經在美國。他那不確的死耗傳到的時候，我真的出眼淚不夠，還做悼詩來了。他沒有死，我自然高興。我擺脫了哥倫比亞大博士銜的引誘，買船飄過大西洋，想跟這位二十世紀的福祿泰爾①認真念一點書去。誰知一到英國才知道事情變樣了：一為他在戰時主張和平，二為他離婚，羅素叫康橋給除名了，他原來是Trinity College的fellow②，這來他的fellowship③也給取消了。他回英國後就在倫敦住下，夫妻兩人賣文章過日子。因此我也不曾遂我從學的始願。

我在倫敦政治經濟學院裏混了半年，正感著悶想換路走的時候，我認識了狄更生先生。狄更生——Goldsworthy Lowes Dickinson——是一個有名的作者，他的《一個中國人通信》（Letters From John Chinaman）與《一個現代聚餐談話》（A Modern Symposium）兩本小冊子早得了我的景仰。我第一次會著他是在倫敦國際聯盟協會席上，那天林宗孟④先生演說，他做主席；第二次是宗孟寓裏喫茶，有他。以後我常到他家裏去。他看出我的煩悶，勸我到康橋去，他自己是王家學院（King's College）的fellow。我就寫信去問兩個學院，回信都說學額早滿了，隨後還是狄更生先生替我去在他的學院裏說好了，給我一個特別生的資格，隨意選科聽講。從此黑方巾、黑披袍的風光也被我占著了。初起我在離康橋六英里的鄉下叫沙士頓地方租了幾間小屋住下，同居的有我從前的夫人張幼儀女士與郭虞裳君。每天一早我坐街車（有時自行車）上學，到晚回家。這樣的生活過了一個春，但我在康橋還只是個陌生人，誰都不認識，康橋的生活，可以說完全不曾嘗著，我知道的只是一個圖書館，幾個課室，和三兩個吃便宜飯的茶食鋪子。狄更生常在倫敦或是大陸上，所以也不常見他。那年的秋季我一個人回到康橋，整整有一學年，那時我才有機會接近真正的康橋生活，同時我也慢慢的「發現」了康橋。我不曾知道過更大的愉快。

二

「單獨」是一個耐尋味的現象。我有時想它是任何發現的第一個條件。你要發現你的朋友的「真」，你得有與他單獨的機會。你要發現你自己的真，你得給你自己一個單獨的機會。你要發現一個地方（地方一樣有靈性），你也得有單獨玩的機會。我們這一輩子，認真說，能認識幾個人？能認識幾個地方？我們都是太匆忙，太沒有單獨的機會。說實話，我連我的本鄉都沒有什麼了解。康橋我要算是有相當交情的，再次許只有新認識的翡冷翠了。啊，那些清晨，那些黃昏，我一個人發癡似的在康橋！絕對的單獨。

但一個人要寫他最心愛的對象，不論是人是地，是多麼使他為難的一個工作？你怕，你怕描壞了它，你怕說過分了惱了它，你怕太謹慎了辜負了它。我現在想寫康橋，也正是這樣的心理，我不曾寫，我就知道這回是寫不好的——況且又是臨時逼出來的事情。但我卻不能不寫，上期預告已經出去了。我想勉強分兩節寫，一是我所知道的康橋的天然景色；一是我所知道的康橋的學生生活。我今晚只能極簡約的寫些，等以後有興會時再補。

三

康橋的靈性全在一條河上；康河，我敢說，是全世界最秀麗的一條水。河的名字是葛蘭大（Granta），也有叫康河（River Cam）的，許有上下流的區別，我不甚清楚。河身多的是曲折，上游是有名的拜倫潭——「Byron's Pool」——當年拜倫常在那裏玩的；有一個老村子叫格蘭騫斯德，有一個果子園，你可以躺在纍纍的桃李樹蔭下吃茶，茶果會掉入你的茶杯，小雀子會到你桌上來啄食，那真是別有一番天地。這是上游；下游是從騫斯德頓下去，河面展開，那是春夏間競舟的場所。上下河分界處有一個壩築，水流急得很，在星光下聽水聲，聽近村晚鐘聲，聽河畔倦牛芻草聲，是我康橋經驗中最神秘的一種；大自然的優美，寧靜，調諧在這星光與波光的默契中不期然的淹入了你的性靈。

但康河的精華是在它的中游，著名的「Backs」，這兩岸是幾個最蜚聲的學院的建築。從上面下來是Pembroke，St.Katharine's，King's，Clare，Trinity，St.John's。最令人留連的一節是克萊亞與王家學院的毗連處，克萊亞的秀麗緊鄰著王家教堂（King's Chapel）的宏偉。別的地方儘有更美更莊嚴的建築，例如巴黎賽因河的羅浮宮一帶，威尼斯的利阿爾多大橋的兩岸，翡冷翠維基烏大橋的周遭；但康橋的「Backs」自有它的特長，這不容易用一二個狀詞來概括，它那脫盡塵埃氣的一種清澈秀逸的意境可說是超出了畫圖而化生了音樂的神味。再沒有比這一群建築更調諧更勻稱的了！論畫，可比的許只有柯羅（Corot）的田野；論音樂，可比的許只有蕭邦（Chopin）的夜曲。就這也不能給你依稀的印象，它給你的美感簡直是神靈性的一種。

假如你站在王家學院橋邊的那棵大椈樹蔭下眺望，右側面，隔著一大方淺草坪，是我們的校友居（Fellows Building），那年代並不早，但它的嫵媚也是不可掩的，它那蒼白的石壁上春夏間滿綴著豔色的薔薇在和風中搖頭，更移左是那教堂，森林似的尖閣不可浼的永遠直指著天空；更左是克萊亞，啊！那不可信的玲瓏的方庭，誰說這不是聖克萊亞（St.Clare）的化身，哪一塊石上不閃耀著她當年聖潔的精神？在克萊亞後背隱約可辨的是康橋最潢貴最驕縱的三清學院（Trinity），它那臨河的圖書樓上坐鎮著拜倫神采驚人的雕像。

但這時你的注意早已叫克萊亞的三環洞橋魔術似的攝住。你見過西湖白堤上的西泠斷橋不是？（可憐它們早已叫代表近代醜惡精神的汽車公司給鏟平了，現在它們跟著蒼涼的雷峰永遠辭別了人間。）你忘不了那橋上斑駁的蒼苔，木柵的古色，與那橋拱下洩露的湖光與山色不是？克萊亞並沒有那樣體面的襯托，它也不比廬山棲賢寺旁的觀音橋，上瞰五老的奇峰，下臨深潭與飛瀑；它只是怯憐憐的一座三環洞的小橋，它那橋洞間也只掩映著細紋的波鱗與婆娑的樹影，它那橋上櫛比的小穿欄與欄節頂上雙雙的白石球，也只是村姑子頭上不誇張的香草與野花一類的裝飾；但你凝神的看著，更凝神的看著，你再反省你的心境，看還有一絲屑的俗念沾滯不？只要你審美的本能不曾汩滅時，這是你的機會實現純粹美感的神奇！

但你還得選你賞鑒的時辰。英國的天時與氣候是走極端的。冬天是荒謬的壞，逢著連綿的霧盲天你一定不遲疑的甘願進地獄本身去試試；春天（英國是幾乎沒有夏天的）是更荒謬的可愛，尤其是它那四五月間最漸緩最豔麗的黃昏，那才真是寸寸黃金。在康河邊上過一個黃昏是一服靈魂的補劑。啊！我那時蜜甜的單獨，那時蜜甜的閒暇。一晚又一晚的，只見我出神似的倚在橋欄上向西天凝望——

看一回凝靜的橋影，
數一數螺鈿的波紋；
我倚暖了石欄的青苔，
青苔涼透了我的心坎……

還有幾句更笨重的怎能彷彿那游絲似輕妙的情景：

難忘七月的黃昏，遠樹凝寂，
像墨潑的山形，襯出輕柔暝色，
密稠稠，七分鵝黃，三分橘綠，
那妙意只可去秋夢邊緣捕捉……

四

這河身的兩岸都是四季常青最蔥翠的草坪。從校友居的樓上望去，對岸草場上，不論早晚，永遠有十數匹黃牛與白馬，脛蹄沒在恣蔓的草叢中，從容的在咬嚼，星星的黃花在風中動盪，應和著牠們尾鬃的掃拂。橋的兩端有斜倚的垂柳與椈蔭護住，水是澈底的清澄，深不足四尺，勻勻的長著長條的水草。這岸邊的草坪又是我的愛寵，在清朝，在傍晚，我常去這天然的織錦上坐地，有時讀書，有時看水；有時仰臥著看天空的行雲，有時反撲著摟抱大地的溫軟。

但河上的風流還不止兩岸的秀麗。你得買船去玩。船不止一種：有普通的雙漿划船，有輕快的薄皮舟（canoe），有最別緻的長形撐篙船（punt）。最末的一種是別處不常有的：約莫有二丈長，三尺寬，你站直在船梢上用長竿撐著走的。這撐是一種技術。我手腳太蠢，始終不曾學會。你初起手嘗試時，容易把船身橫住在河中，東顛西撞的狼狽。英國人是不輕易開口笑人的，但是小心他們不出聲的皺眉！也不知有多少次河中本來優閒的秩序叫我這莽撞的外行給搗亂了。我真的始終不曾學會；每回我不服輸跑去租船再試的時候，有一個白鬍子的船家往往帶譏諷的對我說：「先生，這撐船費勁，天熱累人，還是拿個薄皮舟溜溜吧！」我哪裡肯聽話，長篙子一點就把船撐了開去，結果還是把河身一段段的腰斬了去！

你站在橋上去看人家撐，那多不費勁，多美！尤其在禮拜天有幾個專家的女郎，穿一身縞素衣服，裙裾在風前悠悠的飄著，戴一頂寬邊的薄紗帽，帽影在水草間顫動，你看她們出橋洞時的姿態，拈起一根竟像沒分量的長竿，只輕輕的，不經心的往波心裏一點，身子微微的一蹲，這船身便波的轉出了橋影，翠條魚似的向前滑了去。她們那敏捷，那閒暇，那輕盈，真是值得歌詠的。

在初夏陽光漸暖時你去買一支小船，划去橋邊蔭下躺著念你的書或是做你的夢，槐花香在水面上飄浮，魚群的唼喋聲在你的耳邊挑逗。或是在初秋的黃昏，近著新月的寒光，望上流僻靜處遠去。愛熱鬧的少年們攜著他們的女友，在船沿上支著雙雙的東洋彩紙燈，帶著話匣子，船心裏用軟墊鋪著，也開向無人跡處去享他們的野福——誰不愛聽那水底翻的音樂在靜定的河上描寫夢意與春光！

住慣城市的人不易知道季候的變遷。看見葉子掉知道是秋，看見葉子綠知道是春；天冷了裝爐子，天熱了拆爐子；脫了棉袍，換上夾袍，脫下夾袍，穿上單袍，不過如此罷了。天上星斗的消息，地下泥土裏的消息，空中風吹的消息，都不關我們的事。忙著哪！這樣那樣事情多著，誰耐煩管星星的移轉，花草的消長。風雲的變幻？同時我們抱怨我們的生活，苦痛、煩悶、拘束、枯燥，誰肯承認做人是快樂？誰不多少間咒詛人生？

但不滿意的生活大都是由於自取的。我是一個生命的信仰者，我信生活決不是我們大多數人僅僅從自身經驗推得的那樣暗慘。我們的病根是在「忘本」。人是自然的產兒，就比枝頭的花與鳥是自然的產兒；但我們不幸是文明人，入世深似一天，離自然遠似一天。離開了泥土的花草，離開了水的魚，能快活嗎？能生存嗎？從大自然，我們取得我們的生命；從大自然，我們應分取得我們繼續的滋養。哪一株婆娑的大木沒有盤錯的根柢深入在無盡藏的地裏？我們是永遠不能獨立的。有幸福是永遠不離母親撫育的孩子，有健康是永遠接近自然的人們。不必一定與鹿豕遊，不必一定回「洞府」去；爲醫治我們當前生活的枯窘，只要「不完全遺忘自然」一張輕淡的藥方，我們的病象就有緩和的希望。在青草裏打幾個滾，到海水裏洗幾次浴，到高處去看幾次朝霞與晚照——你肩背上的負擔就會輕鬆了去的。

這是極膚淺的道理，當然。但我要沒有過過康橋的日子，我就不會有這樣的自信。我這一輩子就只那一春，說也可憐，算是不曾虛度。就只那一春，我的生活是自然的，是真愉快的！（雖則碰巧那也是我最感受人生痛苦的時期。）我那時有的是閒暇，有的是自由，有的是絕對單獨的機會。說也奇怪，竟像是第一次，我辨認了星月的光明，草的青，花的香，流水的殷勤。我能忘記那初春的睥睨嗎？曾經有多少個清晨我獨自冒著冷去薄霜鋪地的林子裏閒步——爲聽鳥語，爲盼朝陽，爲尋泥土裏漸次蘇醒的花草，爲體會最微細最神妙的春信。啊！那是新來的畫眉在那邊凋不盡的青枝上試牠的新聲！啊，這是第一朵小雪球花掙出了半凍的地面！啊，這不是新來的潮潤沾上了寂寞的柳條？

靜極了，這朝來水溶溶的大道，只遠處牛奶車的鈴聲，點綴這周遭的沉默。順著這大道走去，走到盡頭，再轉入林子裏的小徑，往煙霧濃密處走去，頭頂是交枝的榆蔭，透露著漠楞楞的曙色；再往前走去，走盡這林子，當前是平坦的原野，望見了村舍，初青的麥田，更遠三兩個饅形的小山掩住了一條通道。天邊是霧茫茫的，尖尖的黑影是近村的教寺。聽，那曉鐘和緩的清音。這一帶是此邦中部的平原，地形像是海裏的清波，默沉沉的起伏；山嶺是望不見的，有的是常青的草原與沃腴的田壤。登那土阜上望去，康橋只是一帶茂林，擁戴著幾處娉婷的尖閣。嫵媚的康河也望不見蹤跡，你只能循著那錦帶似的林木想像那一流清淺。村舍與樹林是這地盤上的棋子，有村舍處有佳蔭，有佳蔭處有村舍。這早起是看炊煙的時辰：朝霧漸漸的升起，揭開了這灰蒼蒼的天幕（最好是微霰後的光景），遠近的炊煙，成絲的，成縷的，成捲的，輕快的，遲重的，濃灰的，淡青的，慘白的，在靜定的朝氣裏漸漸的上騰，漸漸的不見，彷彿是朝來人們的祈禱，參差的翳入了天聽。朝陽是難得見的，這初春的天氣。但它來時是起早人莫大的愉快。頃刻間這田野添深了顏色，一層輕紗似的金粉糝上了這草，這樹，這通道，這莊舍。頃刻間這周遭瀰漫了清晨富麗的溫柔。頃刻間你的心懷也分潤了白天誕生的光榮。「春！」這勝利的晴空彷彿在你的耳邊私語。「春！」你那快活的靈魂也彷彿在那裏回響。

五

伺候著河上的風光，這春來一天有一天的消息。關心石上的苔痕，關心敗草裏的鮮花，關心這水流的緩急，關心水草的滋長，關心天上的雲霞，關心新來的鳥語。怯憐憐的小雪球是探春信的小使。鈴蘭與香草是歡喜的初聲。窈窕的蓮馨，玲瓏的石水仙，愛熱鬧的克羅克斯，耐辛苦的蒲公英與雛菊——這時候春光已是爛漫在人間，更不須殷勤問訊。

瑰麗的春放。這是你野遊的時期。可愛的路政，這裏不比中國，哪一處不是坦蕩蕩的大道？徒步是一個愉快，但騎自轉車是一個更大的愉快。在康橋騎車是普遍的技術；婦人，稚子，老翁，一致享受這雙輪舞的快樂。（在康橋聽說自轉車是不怕人偷的，就為人人都自己有車，沒人要偷。）任你選一個方向，任你上一條通道，順著這帶草味的和風，放輪遠去，保管你這半天的逍遙是你性靈的補劑。這道上有的是清蔭與美草，隨地都可以供你休憩。你如愛花，這裏多的是錦繡似的草原。你如愛鳥，這裏多的是巧囀的鳴禽。你如愛兒童，這鄉間到處是可親的稚子。你如愛人情，這裏多的是不嫌遠客的鄉人，你到處可以「掛單」借宿，有酪漿與嫩薯供你飽餐，有奪目的鮮果恣你嘗新。你如愛酒，這鄉間每「望」都為你儲有上好的新釀，黑啤如太濃，蘋果酒、薑酒都是供你解渴潤肺的。……帶一卷書，走十里路，選一塊清靜地，看天，聽鳥，讀書，倦了時，和身在草綿綿處尋夢去——你能想像更適情更適性的消遣嗎？

陸放翁有一聯詩句：「傳呼快馬迎新月，卻上輕輿趁晚涼。」這是做地方官的風流。我在康橋時雖沒馬騎，沒轎子坐，卻也有我的風流：我常常在夕陽西曬時騎了車迎著天邊扁大的日頭直追。日頭是追不到的，我沒有夸父的荒誕，但晚景的溫存卻被我這樣偷嘗了不少。有三兩幅畫圖似的經驗至今還是栩栩的留著。只說看夕陽，我們平常只知道登山或是臨海，但實際只須遼闊的天際，平地上的晚霞有時也是一樣的神奇。有一次我趕到一個地方，手把著一家村莊的籬笆，隔著一大田的麥浪，看西天的變幻。有一次是正衝著一條寬廣的大道，過來一大群羊，放草歸來的，偌大的太陽在牠們後背放射著萬縷的金輝，天上卻是烏青青的，只剩這不可逼視的威光中的一條大路，一群生物！我心頭頓時感著神異性的壓迫，我真的跪下了，對著這冉冉漸翳的金光。再有一次是更不可忘的奇景，那是臨著一大片望不到頭的草原，滿開著豔紅的罌粟，在青草裏亭亭的像是萬盞的金燈，陽光從褐色雲裏斜著過來，幻成一種異樣的紫色，透明似的不可逼視，霎那間在我迷眩了的視覺中，這草田變成了……不說也罷，說來你們也是不信的！

一別二年多了，康橋，誰知我這思鄉的隱憂？也不想別的，我只要那晚鐘撼動的黃昏，沒遮攔的田野，獨自斜倚在軟草裏，看第一個大星在天邊出現！

注釋

①福祿泰爾，通譯伏爾泰（1694-1778），法國啟蒙思想家、哲學家、作家。

②研究員。

③研究員資格。

④即林長民，晚清立憲派人士，辛亥革命後曾任司法總長。

海灘上種花①

朋友是一種奢華；且不說酒肉勢利，那是說不上朋友，真朋友是相知，但相知談何容易，你要打開人家的心，你先得打開你自己的，你要在你的心裏容納人家的心，你先得把你的心推放到人家的心裏去：這真心或真性情的相互的流轉，是朋友的秘密，是朋友的快樂。但這是說你內心的力量夠得到，性靈的活動有富餘，可以隨時開放，隨時往外流，像山裏的泉水，流向容得住你的同情的溝潭；有時你得冒險，你得花本錢，你得抵拚在巉岈的亂石間，觸刺的草縫裏耐心的尋路，那時候很難，苦痛，消耗，在在是可能的，在你這水一般靈動，水一般柔順的尋求同情的心能找到平安欣快以前。

我所以說朋友是奢華，「相知」是寶貝，但得拿真性情的血本去換，去拚。因此我不敢輕易說話，因爲我自己知道我的來源有限，十分的謹慎尚且不時有破產的恐懼；我不能隨便「花」。前天有幾位小朋友來邀我跟你們講話，他們的懇切折服了我，使我不得不從命，但是小朋友們，說也慚愧，我拿什麼來給你們呢？

我最先想來對你們說些孩子話，因爲你們都還是孩子。但是那孩子的我到哪裡去了？彷彿昨天我還是個孩子，今天不知怎的就變了樣。什麼是孩子要不爲一點活潑的天真？但天真就比是泥土裏的嫩芽，天冷泥土硬就壓住了它的生機——這年頭問誰去要和暖的春風？

孩子是沒了。你記得的只是一個不清切的影子，模糊得緊，我這時候想起就像是一個瞎子追念他自己的容貌，一樣的記不周全；他即使想急了拿一雙手到臉上去印下一個模子來，那模子也是個死的。真的沒了。一天在公園裏見一個小朋友不提多麼活動，一忽兒上山，一忽兒爬樹，一忽兒溜冰，一忽兒乾草裏打滾，要不然就跳著憨笑；我看著羨慕，也想學樣，跟他一起玩，但是不能，我是一個大人，身上穿著長袍，心裏存著體面，怕招人笑，天生的靈活換來矜持的存心——孩子，孩子是沒有的了，有的只是一個年歲與教育蛀空了的軀殼，死僵僵的，不自然的。

我又想找回我們天性裏的野人來對你們說話。因爲野人也是接近自然的；我前幾年過印度時得到極刻心的感想，那裡的街道房屋以及土人的體膚容貌，生活的習慣，雖則簡，雖則陋，雖則不誇張，卻處處與大自然——上面碧藍的天，火熱的陽光，地下焦黃的泥土，高矗的椰樹——相調諧，情調，色彩，結構，看來有一種意義的一致，就比是一件完美的藝術的作品。也不知怎的，那天看了他們的街，街上的牛車，趕車的老頭露著他的赤光的頭顱與紫薑色的圓肚，他們的廟，廟裏的聖像與神座前的花，我心裏只是不自在，就彷彿這情景是一個熟悉的聲音的叫喚，叫你去跟著他，你的靈魂也何嘗不活跳跳的想答應一聲「好，我來了，」但是不能，又有礙路的擋著你，不許你回覆這叫喚聲啓示給你的自由。困著你的是你的教育；我那時的難受就比是一條蛇擺脫不了困住牠的一個硬性的外殼——野人也給壓住了，永遠出不來。

所以今天站在你們上面的我不再是融會自然的野人，也不是天機活靈的孩子：我只是一個「文明人」，我能說的只是「文明話」。但什麼是文明什麼是墮落？文明人的心裏只是種種虛榮的念頭，他到處忙不算，到處都得計較成敗。我怎麼能對著你們不感覺慚愧？不了解自然不僅是我的心，我的話也是的。並且我即使有話說也沒法表現，即使有思想也不能使你們了解；內裏那點子性靈就比是在一座石壁裏牢牢的砌住，一絲光亮都不透，就憑這雙眼望見你們，但有什麼法子可以傳達我的意思給你們，我已經忘卻了原來的語言，還有什麼話可說的？

但我的小朋友們還是逼著我來說謊（沒有話說而勉強說話便是謊）。知識，我不能給；要知識你們得請教教育家去，我這裏是沒有的。智慧，更沒有了：智慧是地獄裏的花果，能進地獄更能出地獄的才採得著智慧，不去地獄的便沒有智慧——我是沒有的。

我正發窘的時候，來了一個救星——就是我手裏這一小幅畫，等我來講道理給你們聽。這張畫是我的拜年片，一個朋友替我製的。你們看這個小孩子在海邊沙灘上獨自的玩，赤腳穿著草鞋，右手提著一枝花，使勁把它往沙裡栽；左手提著一把澆花的水壺，壺裡水點一滴滴的往下掉著。離著小孩不遠看得見海裡翻動著的波瀾。

你們看出了這畫的意思沒有？

在海沙裡種花。在海沙裡種花！那小孩這一番種花的熱心怕是白費的了。沙磧是養不活鮮花的，這幾點淡水是不能幫忙的；也許等不到小孩轉身，這一朵小花已經支不住陽光的逼迫，就得交卸他有限的生命，枯萎了去。況且那海水的浪頭也快打過來了，海浪沖來時不說這朵小小的花，就是大根的樹也怕站不住——所以這花落在海邊上是絕望的了，小孩這番力量準是白花的了。

你們一定很能明白這個意思。我的朋友是很聰明的，他拿這畫意來比我們一群呆子，樂意在白天裡作夢的呆子，滿心想在海沙裡種花的傻子。畫裡的小孩拿著有限的幾滴淡水想維持花的生命，我們一群夢人也想在現在比沙漠還要乾枯比沙灘更沒有生命的社會裡，憑著最有限的力量，想下幾顆文藝與思想的種子，這不是一樣的絕望，一樣的傻？想在海沙裡種花，想在海沙裡種花，多可笑呀！但我的聰明的朋友說，這幅小小畫裡的意思還不止此；諷刺不是她的目的。她要我們更深一層看。在我們看來海沙裡種花是傻氣，但在那小孩自己卻不覺得。他的思想是單純的，他的信仰也是單純的。他知道的是什麼？他知道花是可愛的，可愛的東西應得幫助他發長；他平常看見花草都是從地土裡長出來的，他看來海沙也只是地，為什麼海沙裡不能長花他沒有想到，也不必想到，他就知道拿花來栽，拿水去澆，只要那花在地上站直了他就歡喜，他就樂，他就會跳他的跳，唱他的唱，來讚美這美麗的生命，以後怎麼樣，海沙的性質，花的命運，他全管不著！

我們知道小孩們怎樣的崇拜自然，他的身體雖則小，他的靈魂卻是大著，他的衣服也許髒，他的心可是潔淨的。這裡還有一幅畫，這是自然的崇拜，你們看這孩子在月光下跪著拜一朵低頭的百合花，這時候他的心與月光一般的清潔，與花一般的美麗，與夜一般的安靜。我們可以知道到海邊上來種花那孩子的思想與這月下拜花的孩子的思想會得跪下的——單純，清潔，我們可以想像那一個孩子把花栽好了也是一樣來對著花膜拜祈禱——他能把花暫時栽了起來便是他的成功，此外以後怎麼樣不是他的事情了。

你們看這個象徵不僅美，並且有力量；因爲它告訴我們單純的信心是創作的泉源——這單純的爛漫的天真是最永久最有力量的東西，陽光燒不焦他，狂風吹不倒他，海水沖不了他，黑暗掩不了他——地面上的花朵有被摧殘有消滅的時候，但小孩愛花種花這一點：「真」卻有的是永久的生命。

我們來放遠一點看。我們現有的文化只是人類在歷史上努力與犧牲的成績。爲什麼人們肯努力肯犧牲？因爲他們有天生的信心；他們的靈魂認識什麼是真什麼是善什麼是美，雖則他們的肉體與智識有時候會誘惑他們反著方向走路；但只要他們認明一件事情是有永久價值的時候，他們就自然的會得興奮，不期然的自己犧牲，要在這忽忽變動的聲色的世界裡，贖出幾個永久不變的原則的憑證來。耶穌爲什麼不怕上十字架？密爾頓②何以瞎了眼還要做詩？貝德花芬③何以聾了還要製音樂？密佉朗其羅④爲什麼肯積受幾個月的潮溼不顧自己的皮肉與靴子連成一片的用心思，爲的只是要解決一個小小的美術問題？爲什麼永遠有人到冰洋盡頭雪山頂上去探險？爲什麼科學家肯在顯微鏡底下或是數目字中間研究一般人眼看不到心想不通的道理消磨他一生的光陰？

爲的是這些人道的英雄都有他們不可搖動的信心；像我們在海沙裡種花的孩子一樣，他們的思想是單純的——宗教家爲善的原則犧牲，科學家爲真的原則犧牲，藝術家爲美的原則犧牲——這一切犧牲的結果便是我們現有的有限的文化。

你們想想在這地面上做事難道還不是一樣的傻氣——這地面還不與海沙一樣不容你生根；在這裡的事業還不是與鮮花一樣的嬌嫩？——潮水過來可以沖掉，狂風吹來可以折壞，陽光晒來可以薰焦我們小孩子手裡拿著往沙裡栽的鮮花，同樣的，我們文化的全體還不一樣有隨時可以沖掉折壞薰焦的可能嗎？巴比倫的文明現在哪裡？龐貝城曾經在地下埋過幾千百年，克利脫的文明直到最近五六十年間才完全發現。並且有時一件事實體的存在並不能證明他生命的繼續。這區區的地球的本體就有一千萬個毀滅的可能。人們怕死不錯，我們怕死人，但最可怕的不是死的死人，是活的死人，單有軀殼生命沒有靈性生活是莫大的悲慘；文化也有這種情形，死的文化倒也罷了，最可憐的是勉強喘著氣的半死文化。你們如其問我要例子，我就不遲疑的回答你說，朋友們，貴國的文化便是一個喘著氣的活死人！時候已經很久的了，自從我們最後的幾個祖宗為了不變的原則犧牲他們的呼吸與血液，為了不死的生命犧牲他們有限的存在，為了單純的信心遭受當時人的訕笑與侮辱。時候已經很久的了，自從我們最後聽見普遍的聲音像潮水似的充滿著地面。時候已經很久的了，自從我們最後看見強烈的光明像彗星似的掃略過地面。時候已經很久了，自從我們最後為某種主義流過火熱的鮮血。時候已經很久了的了，自從我骨髓裡有膽量，我們的說話裡有份量。

這是一個極傷心的反省！我真不知道這時代犯了什麼不可赦的大罪，上帝竟狠心的賞給我們這樣惡毒的刑罰？你看看去這年頭到哪裡去找一個完全的男子或是一個完全的女子——你們去看去，這年頭哪一個男子不是陽痿，哪一個女子不是鼓脹！要形容我們現在受罪的時期，我們得發明一個比醜更醜比髒更髒比下流更下流比苟且更苟且比懦怯更懦怯的一類生字去！朋友們，真的我心裡常常害怕，害怕下回東風帶來的不是我們盼望中的春天，不是鮮花青草蝴蝶飛鳥，我怕他帶來一個比冬天更枯槁更悽慘更寂寞的死天——因爲醜陋的臉子不配穿漂亮的衣服，我們這樣醜陋的變態的人心與社會憑什麼權利可以問青天要陽光，問地面要青草，問飛鳥要音樂，問花朵要顏色？你問我明天天會不會放亮？我回答說我不知道，竟許不！

歸根是我們失去了我們靈性努力的重心，那就是一個單純的信仰，一點爛漫的童真！不要說到海灘去種花——我們都是聰明人誰願意做傻瓜去——就是在你自己院子裡種花你都懶怕動手哪！最可怕的懷疑的鬼與厭世的黑影已經佔住了我們的靈魂！

所以朋友們，你們都是青年，都是春雷聲響不曾停止時破綻出來的鮮花，你們再不可墮落了——雖則陷阱的大口滿張在你的跟前，你不要怕，你把你的爛漫的天真倒下去，填平了它，再往前走——你們要保持那一點的信心，這裡面連著來的就是精力與勇敢與靈感——你們要不怕做小傻瓜，儘量在這人道的海灘邊種你的鮮花去——花也許會消滅，但這種花的精神是不爛的！

注釋

①本文是在北師大附屬中學的一次講演。

②通譯彌爾頓（1608-1674），英國詩人，著有《失樂園》等。

③即貝多芬（1770-1827），德國作曲家。
④通譯米開朗基羅（1475-1564），義大利文藝復興時期的雕塑家、畫家。

天目山中筆記

佛於大眾中　說我當作佛
聞如是法音　疑悔悉已除
初聞佛所說　心中大驚疑
將非魔作佛　惱亂我心耶
——蓮華經譬喻品

山中不定是清靜，廟宇在參天的大木中間藏著，早晚間有的是風，松有松聲，竹有竹韻，鳴的禽，叫的蟲子，閣上的大鐘，殿上的木魚，廟身的左邊右邊都安著接泉水的粗毛竹管，這就是天然的笙簫，時緩時急的參和著天空地上種種的鳴籟。靜是不靜的；但山中的聲響，不論是泥土裏的蚯蚓叫或是轎夫們深夜裏「唱寶」的異調，自有一種各別處：它來得純粹，來得清亮，來得透徹，冰水似的沁入你的脾肺；正如你在泉水裏洗濯過後覺得清白些，這些山籟，雖則一樣是音響，也分明有洗淨的功能。

夜間這些清籟搖著你入夢，清早上你也從這些清籟的懷抱中蘇醒。

山居是福，山上有樓住更是修得來的。我們的樓窗開處是一片蓊蔥的林海，林海外更有雲海！

日的光，月的光，星的光：全是你的。從這三尺方的窗戶你接受自然的變幻；從這三尺方的窗戶你散放你情感的變幻。自在，滿足。

今早夢迴時睜眼見滿帳的霞光。鳥雀們在讚美；我也加入一份。牠們的是清越的歌唱，我的是潛深一度的沉默。

鐘樓中飛下一聲宏鐘，空山在音波的磅礴中震蕩。這一聲鐘激起了我的思潮。不，潮字太誇；說思流罷。耶教人說阿門，印度教人說「歐姆」（O-m），與這鐘聲的嗡嗡，同是從撮口外攝到合口內包的一個無限的波動：分明是外擴，卻又是內潛；一切在它的周緣，卻又在它的中心；同時是皮又是核，是軸亦復是廓。這偉大奧妙的「Om」使人感到動，又感到靜；從靜中見動，又從動中見靜。從安住到飛翔，又從飛翔回復安住，從實在境界超入妙空，又從妙空化生實在。

「聞佛柔軟香，深遠甚微妙。」

多奇異的力量！多奧妙的啓示！包容一切衝突性的現象，擴大霎那間的視域，這單純的音響，於我是一種智靈的洗淨。花開，花落，天外的流星與田畦間的飛螢，上綰雲天的青松，下臨絕海的巉岩，男女的愛，珠寶的光，火山的溶液：一如嬰兒在它的搖籃中安眠。

這山上的鐘聲是晝夜不間歇的，平均五分鐘打一次。打鐘的和尚獨自在鐘頭上住著，據說他已經不間歇的打了十一年鐘，他的願心是打到他不能動彈的那天。鐘樓上供著菩薩，打鐘人在大鐘的一邊安著他的「座」，他每晚是坐著安神的，一隻手挽著鐘錘的一頭，從長期的習慣，不叫睡眠耽誤他的職司。「這和尚，」我自忖，「一定是有道理的！和尚是沒道理的多：方才那知客僧想把七竅蒙充六根，怎麼算總多了一個鼻孔或是耳孔；那方丈師的談吐裏不少某督軍與某省長的點綴；那管半山亭的和尚更是貪嗔的化身，無端摔破了兩個無辜的茶碗。但這打鐘和尚，他一定不是庸流不能不去看看！」他的年歲在五十開外，出家有二十幾年，這鐘樓，不錯，是他管的，這鐘是他打的（說著他就過去撞了一下），他每晚，也不錯，是坐著安神的，但此外，可憐，我的俗眼竟看不出什麼異樣。他拂拭著神龕，神座，神墊，換上香燭，掇一盂水，洗一把青菜，捻一把米，擦乾了手接受香客的布施，又轉身去撞一聲鐘。他臉上看不出修行的清癯，卻沒有失眠的倦態，倒是滿滿的不時有笑容的展露；念什麼經，不，就念阿彌陀佛，他竟許是不認識字的。「那一帶是什麼山，叫什麼，和尚？」「這裏是天目山，」他說。「我知道，我說的是那一帶的，」我手點著問。「我不知道，」他回答。

山上另有一個和尚，他住在更上去昭明太子讀書臺的舊址，蓋著幾間屋，供著佛像，也歸廟管的，叫作茅棚。但這比不得普渡山上的真茅棚，那看了怕人的，坐著或是偎著修行的和尚沒一個不是鵠形鳩面，鬼似的東西。他們不開口的多，你愛布施什麼就放在他跟前的簍子或是盤子裏，他們怎麼也不睜眼，不出聲，隨你給的是金條或是鐵條。人說得更奇了。有的半年沒有喫過東西，不曾挪過窩，可還是沒有死，就這冥冥的坐著。他們大約離成佛不遠了，單看他們的臉色，就比石片泥土不差什麼，一樣這黑刺刺，死僵僵的。「內中有幾個，」香客們說，「已經成了活佛，我們的祖母早三十年來就看見他們這樣坐著的！」

但天目山的茅棚以及茅棚裏的和尙，卻沒有那樣的浪漫出奇。茅棚是儘夠蔽風雨的屋子，修道的也是活鮮鮮的人，雖則他並不因此減卻他給我們的趣味。他是一個高身材，黑面目，行動遲緩的中年人；他出家將近十年，三年前坐過禪關，現在這山上茅棚裏來修行；他在俗家時是個商人，家中有父母兄弟姊妹，也許還有自身的妻子；他不曾說明他中年出家的緣由，他只說「俗業太重了，還是出家從佛的好，」但從他沉著的語音與持重的神態中可以覺出他不僅是曾經在人事上受過磨折，並且是在思想上能分清黑白的人。他的口，他的眼，都洩漏著他內裏強自抑制，魔與佛交鬥的痕跡；說他是放過火殺過人的懺悔者，可信；說他是個回頭的浪子，也可信。他不比那鐘樓上的人不著顏色，不露曲折：他分明是色的世界裏逃出來的一個囚犯。三年的禪關，三年的草棚，還不曾壓倒，不曾滅淨他肉身的烈火。「俗業太重了，不如出家從佛的好」；這話裏豈不顫慄著一往懺悔的深心？我覺著好奇：我怎麼能得知他深夜趺坐時意念的究竟？

佛於大眾中　說我當作佛
聞如是法音　疑悔悉已除

初聞佛所說　心中大驚疑
將非魔所說　惱亂我心耶

但也許看太奧了。我們承受西洋人生觀洗禮的，容易把做人看太積極，入世的要求太猛烈，太不肯退讓，把住這熱虎虎的一個身子一個心放進生活的軋床去，不叫他留存半點汁水回去；非到山窮水盡的時候，決不肯認輸，退後，收下旗幟；並且即使承認了絕望的表示，他往往直接向生存本體作取決，不來半不闌珊的收回了步子向後退：寧可自殺，乾脆的生命的斷絕，不來出家，那是生命的否認。不錯，西洋人也有出家做和尚做尼姑的，例如亞佩臘與愛洛綺絲，但在他們是情感方面的轉變，原來對人的愛移作對上帝的愛，這知感的自體與它的活動依舊不含糊的在著；在東方人，這出家是求情感的消滅，皈依佛法或道法，目的在自我一切痕跡的解脫。再說，這出家或出世的觀念的老家，是印度不是中國，是跟著佛教來的；印度何以會發生這類思想，學者們自有種種哲理上乃至物理上的解釋，也盡有趣味的。中國何以能容留這類思想，並且在實際上出家做尼僧的今天不比以前少（我新近一個朋友差一點做了小和尚！）這問題正值得研究，因為這分明不僅僅是個知識乃至意識的淺深問題，也許這情形儘有極有趣味的解釋的可能，我見聞淺，不知道我們的學者怎樣想法，我願意領教。

求醫

To understand that the sky is everywhere blue, it is not necessary to have travelled all round the world.

——Goethe①

新近有一個老朋友來看我。在我寓裏住了好幾天。彼此好久沒有機會談天，偶爾通信也只泛泛的；他只從旁人的傳說中聽到我生活的梗概，又從他所聽到的推想及我更深一義的生活的大致。他早把我看作「丟了」。誰說空閒時間不能離間朋友間的相知？但這一次彼此又撿起了，理清了早年息息相通的線索，這是一個愉快！單說一件事：他看看我四月間副刊上的兩篇《自剖》，他說他也有文章做了，他要寫一篇《剖志摩的自剖》。他卻不曾寫：我幾次逼問他，他說一定在離京前交卷。有一天他居然謝絕了約會，躲在房子裏裝病，想試他那柄解剖的刀。晚上見他的時候，他文章不曾做起，臉上倒真的有了病容！「不成功，」他說，「不要說剖，我這把刀，即使有，早就在刀鞘裏鏽住了，我怎麼也拉它不出來！我倒自己發生了恐怖，這回回去非發奮不可。」打了全軍覆沒的大敗仗回來的，也沒有他那晚談話時的沮喪！

但他這來還是幫了我的忙；我們倆連著四五晚通宵的談話，在我至少感到了莫大的安慰。我的朋友正是那一類人，說話是絕對不敏捷的，他那永遠茫然的神情與偶爾激出來的幾句話，在當時極易招笑，但在事後往往透出極深刻的意義，在聽著的人的心上不易磨滅的：別看他說話的外貌亂石似的粗糙，它那核心裏往往藏著直覺的純璞。他是那一類的朋友，他那不浮誇的同情心在無形中啓發你思想的活動，引逗你心靈深處的「解嚴」；「你儘量披露你自己」，他彷彿說，「在這裏你沒有被誤解的恐怖。」我們倆的談話是極不平等的；十分裏有九分半的時光是我佔據的，他只貢獻簡短的評語，有時修正，有時讚許，有時引申我的意思；但他是一個理想的「聽者」，他能儘量的容受，不論對面來的是細流或是大水。

我的自剖文不是解嘲體的閒文，那是我個人真的感到絕望的呼聲。「這篇文章是值得寫的，」我的朋友說，「因爲你這來冷酷的操刀，無顧戀的劈剖你自己的思想，你至少摸著了現代的意識的一角；你剖的不僅是你，我也叫你剖著了，正如葛德②說的『要知道天到處是碧藍，並用不著到全世界去繞行一周。』你還得往更深處剖，難得你有勇氣下手，你還得如你說的，犯著噁心嘔苦水似的嘔，這時代的意識是完全叫種種相衝突的價值的尖刺給交占住，支離了纏昏了的，你希冀回復清醒與健康先得清理你的外邪與內熱。至於你自己，因爲發現病象而就放棄希望，當然是不對的；我可以替你開方。你現在需要的沒有別的，你只要多多的睡！休息、休養，到時候你自會強壯。我是開口就會牽到葛德的，你不要笑；葛德就是懂得睡的秘密的一個，他每回覺得他的創作活動有退潮的趨向，他就上床去睡，真的放平了身子的睡，不是喻言，直睡到精神回復了，一線新來的波瀾逼著他再來一次發瘋似的創作。你近來的沉悶，在我看，也只是內心需要休息的符號。正如潮水有漲落的現象，我們勞心的也不免同樣受這自然律的支配。你怎麼也不該挫氣，你正應得利用這時期；休息不是工作的斷絕，它是消極的活動；這正是你吸新營養取得新生機的機會。聽憑地面上風吹的怎樣尖厲，霜蓋得怎麼嚴密，你只要安心在泥土裏等著，不愁到時候沒有再來一次爆發的驚喜。」

這是他開給我的藥方。後來他又跟別的朋友談起，他說我的病──如其是病──有兩味藥可醫，一是「隱居」，一是「上帝」。煩悶是起源於精神不得充分的怡養；煩囂的生活是勞心人最致命的傷，離開了就有辦法，最好是去山林靜僻處躲起。但這環境的改變，雖則重要，還只是消極的一面；為要啓發性靈，一個人還得積極的尋求。比性愛更超越更不可搖動的一個精神的寄託──他得自動去發現他的上帝。

上帝這味藥是不易配得的，我們姑且放開在一邊（雖則我們不能因他字面的兀突就忽略他的深刻的涵義，那就是說這時代的苦悶現象隱示一種漸次形成宗教性大運動的趨向）；暫時脫離現社會去另謀隱居生活那味藥，在我不但在事實上有要得到的可能，並且正合我新近一天迫似一天的私願，我不能不計較一下。

我們都是在生活的蜘網中膠住了的細蟲，有的還在勉強掙扎，大多數是早已沒了生氣，只當著風來吹動網絲的時候頂可憐相的晃動著，多經歷一天人事，做人不自由的感覺也跟著真似一天。人事上的關連一天加密一天，理想的生活上的依據反而一天遠似一天，僅是這飄忽忽的，彷彿是一塊石子在一個無底的深潭中無窮盡的往下墜著似的──有到底的一天嗎，天知道！實際的生活逼得越緊，理想的生活宕得越空，你這空手仆仆的不「丟」怎麼著？你睜開眼來看看，見著的只是一個悲慘的世界，我們這倒運的民族眼下只有兩種人可分，一種是在死的邊沿過活的，又一種簡直是在死裏面過活的：你不能不發悲心不是，可是你有什麼能耐能抵擋這普遍「死化」的凶潮，太淒慘了呀這「人道的幽微的悲切的音樂」！那麼你閉上眼吧，你只是發現另一個悲慘的世界：你的感情，你的思想，你的意志，你的經驗，你的理想，有哪一樣調諧的，有哪一樣容許你安舒的？你想要攀援，但是你的力量？你彷彿是掉落在一個井裏，四邊全是光油油不可攀援的陡壁，你怎麼想上得來？就我個人說，所謂教育只是「畫皮」的勾當，我何嘗得到一點真的知識？說經驗吧，不錯，我也曾進貨似的運得一部分的經驗，但這都是硬性的，雜亂的，不經受意識滲透的；經驗自經驗，我自我，這一屋子滿滿的生客只使主人覺得迷惑、慌張、害怕。不，我不但不曾「找到」我自己，我竟疑心我是「丟」定了的。曼殊斐爾③在她的日記裏寫——

我不是晶瑩的透徹。

我什麼都不願意的。全是灰色的；重的、悶的。……

我要生活，這話怎麼講？單說是太易了。可是你有什麼法子？

所有我寫下的，所有我的生活，全是在海水的邊沿上。這彷彿是一種玩藝。我想把我所有的力量全給放上去，但不知怎的我做不到。

前這幾天，最使人注意的是藍的色彩。藍的天，藍的山，——一切都是神異的藍！……但深黃昏的時刻才真是時光的時光。當著那時候，面前放著非人間的美景，你不難領會到你應分走的道兒有多遠。珍重你的筆，得不辜負那上升的明月，那白的天光。你得夠「簡潔」的。正如你在上帝跟前得簡潔。

我方才細心的刷淨收拾我的水筆。下回它再要是漏，那它就不夠格兒。

我覺得我總不能給我自己一個沉思的機會，我正需要那個。我覺得我的心地不夠清白，不謙卑，不④興。這底裏的渣子新近又漾了起來。我對著山看，我見著的就是山。說實話？我念不相干的書……不經心，隨意？是的，就是這情形。心思亂，含糊，不積極，尤其是躲懶，不夠用工。——白費時光。我早就這麼喊著——現在還是這呼聲。為什麼這闌珊的，你？啊，究竟為什麼？

我一定得再發心一次，我得重新來過。我再來寫一定得簡潔的、充實的、自由的寫，從我心坎裏出來的。平心靜氣的，不問成功或是失敗，就這往前去做去。但是這回得下決心了！尤其得跟生活接近。跟這天、這月、這些星、這些冷落的坦白的高山。

「我要是身體健康」，曼殊斐爾在又一處寫，「我就一個人跑到一個地方去，在一株樹下坐著去」。她這苦痛的企求內心的瑩澈與生活的調諧，哪一個字不在我此時比她更「散漫、含糊、不積極」的心境裏引起同情的迴響！啊，誰不這樣想：我要是能，我一定跑到一個地方在一株樹下坐著去。但是你能嗎？

注釋

①意為：不必遊遍全世界，就能知道天到處都是藍的。——歌德

②即歌德。

③通譯曼斯費爾德（1888-1923），英國女作家，代表作為小說集《幸福》、《園會》、《鴿巢》等，其作品帶有印象主義色彩。

④此處疑缺一字。

謁見哈代的一個下午

一

「如其你早幾年。也許就是現在，到道騫斯德的鄉下，你或許碰得到《裘德》①的作者，一個和善可親的老者，穿著短褲便服，精神颯爽的，短短的臉面，短短的下頦，在街道上閒暇的走著，照呼著，答話著，你如其過去問他衛撒克士小說裏的名勝，他就欣欣的從詳指點講解；回頭他一揚手，已經跳上了他的自行車，按著車鈴，向人叢裏去了。我們讀過他著作的，更可以想像這位貌不驚人的聖人，在衛撒克士廣大的，起伏的草原上，在月光下，或在晨曦裏，深思地徘徊著。天上的雲點，草裏的蟲吟，遠處隱約的人聲都在他靈敏的神經裏印下不磨的痕跡；或在殘敗的古堡裏拂拭亂石上的苔青與網結；或在古羅馬的舊道上，冥想數千年前銅盔鐵甲的騎兵曾經在這日光下駐蹤；或在黃昏的蒼茫裏，獨倚在枯老的大樹下，聽前面鄉村裏的青年男女，在笛聲琴韻裏，歌舞他們節會的歡欣；或在濟茨②或雪萊或史文龐③的遺跡，悄悄的追懷他們藝術的神奇……在他的眼裏，像在高蒂閒④（Theophile Gautier）的眼裏，這看得見的世界是活著的；在他的『心眼』（The Inward Eye）裏，像在他最服膺的華茨華士⑤的心眼裏，人類的情感與自然的景象是相聯合的；在他的想像裏，像在所有大藝術家的想像裏，不僅偉大的史蹟，就是眼前最瑣小最暫忽的事實與印象，都有深奧的意義，平常人所忽略或竟不能窺測的。從他那六十年不斷的心靈生活——觀察、考量、揣度、印證——

從他那六十年不懈不弛的真純經驗裏，哈代，像春蠶吐絲製繭似的，抽繹他最微妙最桀傲的音調，紡織他最縝密最經久的詩歌——這是他獻給我們可珍的禮物。」

二

上文是我三年前慕而未見時半自想像半自他人傳述寫來的哈代。去年七月在英國時，承狄更生先生的介紹，我居然見到了這位老英雄，雖則會面不及一小時，在佘小子已算是莫大的榮幸，不能不記下一些蹤跡。我不諱我的「英雄崇拜」。山，我們愛踹高的；人，我們為什麼不願意接近大的？但接近大人物正如爬高山，往往是一件費勁的事；你不僅得有熱心，你還得有耐心。半道上力乏是意中事，草間的刺也許拉破你的皮膚，但是你想一想登臨危峰時的愉快！真怪，山是有高的，人是有不凡的！我見曼殊斐爾，比方說，只不過二十分鐘模樣的談話，但我怎麼能形容我那時在美的神奇的啓示中的全生的震盪？

我與你雖僅一度相見——
但那二十分不死的時間！⑥

果然，要不是那一次巧合的相見，我這一輩子就永遠見不著她——會面後不到六個月她就死了。自此我益發堅持我英雄崇拜的勢利，在我有力量能爬的時候，總不教放過一個「登高」的機會。我去年到歐洲完全是一次「感情作用的旅行」；我去是為泰戈爾，順便我想去多瞻仰幾個英雄。我想見法國的羅曼羅蘭；義大利的丹農雪烏⑦，英國的哈代。但我只見著了哈代。

在倫敦時對狄更生先生說起我的願望，他說那容易，我給你寫信介紹，老頭精神真好，你小心他帶了你到道騫斯德林子裏去走路，他彷彿是沒有力乏的時候似的！那天我從倫敦下去到道騫斯德，天氣好極了，下午三點過到的。下了站我不坐車，問了Max Gate的方向，我就欣欣的走去。他家的外園門正對一片青碧的平壤，綠到天邊，綠到門前；左側遠處有一帶綿邈的平林。進園徑轉過去就是哈代自建的住宅，小方方的壁上滿爬著藤蘿。有一個工人在園的一邊剪草，我問他哈代先生在家不，他點一點頭，用手指門。我拉了門鈴，屋子裏突然發一陣狗叫聲，在這寧靜中聽得怪尖銳的，接著一個白紗抹頭的年輕下女開門出來。

「哈代先生在家，」她答我的問，「但是你知道哈代先生是『永遠』不見客的。」

我想糟了。「慢著，」我說，「這裏有一封信，請你給遞了進去。」「那末請候一候，」她拿了信進去，又關上了門。

她再出來的時候臉上堆著最俊俏的笑容。「哈代先生願意見你，先生，請進來。」多俊俏的口音！「你不怕狗嗎，先生，」她又笑了。「我怕，」我說。「不要緊，我們的梅雪就叫，她可不咬，這兒生客來得少。」

我就怕狗的襲來！戰兢兢的進了門，進了客廳，下女關門出去，狗還不曾出現，我才放心。壁上掛著沙琴德（Jonh Sargent）⑧的哈代畫像，一邊是一張雪萊的像，書架上記得有雪萊的大本集子，此外陳設是樸素的，屋子也低，暗沉沉的。

我正想著老頭怎麼會這樣喜歡雪萊，兩人的脾胃相差夠多遠，外面樓梯上一陣急促的腳步聲和狗鈴聲下來，哈代推門進來了。我不知他身材實際多高，但我那時站著平望過去，最初幾乎沒有見他，我的印象是他是一個矮極了的小老頭兒。我正要表示我一腔崇拜的熱心，他一把拉了我坐下，口裏連著說「坐坐」，也不容我說話，彷彿我的「開篇」辭他早就有數，連著問我，他那急促的一頓頓的語調與乾澀的蒼老的口音，「你是倫敦來的？」「狄更生是你的朋友？」「他好？」「你譯我的詩？」「你怎麼翻的？」「你們中國詩用韻不用？」前面那幾句問話是用不著答的（狄更生信上說起我翻他的詩），所以他也不等我答話，直到末一句他才收住了。

他坐著也是奇矮，也不知怎的，我自己只顯得高，私下不由的跼蹐，似乎在這天神面前我們凡人就在身材上也不應分佔先似的！（啊，你沒見過蕭伯納，——這比下來你是個螞蟻！）這時候他斜著坐，一隻手擱在台上頭微微低著，眼往下看，頭頂全禿了，兩邊腦角上還各有一鬃也不全花的頭髮；他的臉盤粗看像是一個尖角往下的等邊形三角，兩顴像是特別寬，從寬濃的眉尖直掃下來束住在一個短促的下巴尖；他的眼不大，但是深窈的，往下看的時候多，不易看出顏色與表情。最特別的，最「哈代的」，是他那口連著兩旁鬆鬆往下墜的夾腮皮。如其他的眉眼只是憂鬱的深沉，他的口腦的表情分明是厭倦與消極。不，他的臉是怪，我從不曾見過這樣耐人尋味的臉。他那上半部，禿的寬廣的前額，著髮的頭角，你看了覺得好玩，正如一個孩子的頭，使你感覺一種天真的趣味，但愈往下愈不好看，愈使你覺著難受，他那皺紋龜駁的臉皮正使你想起一塊蒼老的岩石，雷電的猛烈，風霜的侵陵，雨雷的剝蝕，苔蘚的沾染，蟲鳥的斑爛，什麼時間與空間的變幻都在這上面遺留著痕跡！你知道他是不抵抗的，忍受的，但看他那下頦，誰說這不洩露他的怨毒，他的厭倦，他的報復性的沉默！他不露一點笑容，你不易相信他與我們一樣也有喜笑的本能。正如他的脊背是傾向傴僂，他面上的表情也只是一種不勝壓迫的傴僂。喔哈代！

回講我們的談話。他問我們中國詩用韻不。我說我們從前只有韻的散文，沒有無韻的詩，但最近……但他不要聽最近，他贊成用韻，這道理是不錯的。你投塊石子到湖心裏去，一圈圈的水紋漾了開去，韻是波紋。少不得。抒情詩（Lyric）是文學的精華的精華。顛不破的鑽石，不論多小。磨不滅的光彩。我不重視我的小說。什麼都沒有做好的小詩難。（他背了莎氏「Tell me where is Fancy bred」⑨，朋瓊生（Ben Jonson）的「Drink to me only with thine eyes」⑩高興的說子。⑪）我說我愛他的詩因爲它們不僅結構嚴密像建築，同時有思想的血脈在流走，像有機的整體。我說了Organic這個字；他重複說了兩遍：「Yes, Organic, yes, Organic: A poem ought to be a living thing.」⑫練習文字頂好學寫詩；很多人從學詩寫好散文，詩是文字的秘密。

他沉思了一晌。「三十年前有朋友約我到中國去。他是一個教士，我的朋友，叫莫爾德，他在中國住了五十年，他回英國來時每回說話先想起中文再翻英文的！他中國什麼都知道，他請我去，太不便了，我沒有去。但是你們的文字是怎麼一回事？難極了不是？為什麼你們不丟了它，改用英文或法文，不方便嗎？」哈代這話駭住了我。一個最認識各種語言的天才的詩人要我們丟掉幾千年的文字！我與他辯難了一晌，幸虧他也沒有堅持。

說起我們共同的朋友。他又問起狄更生的近況，說他真是中國的朋友。我說我明天到康華爾去看羅素。誰？羅素？他沒有加案語。我問起勃倫騰（Edmund Blunden）⑬，他說他從日本有信來，他是一個詩人。講起麥雷（John M.Murry）⑭他起勁了。「你認識麥雷？」他問。「他就住在這兒道騫斯德海邊，他買了一所古怪的小屋子，正靠著海，怪極了的小屋子，什麼時候那可以叫海給吞了去似的。他自己每天坐一部破車到鎮上來買菜。他是有能幹的。他會寫。你也見過他從前的太太曼殊斐爾？他又娶了，你知道不？我說給你聽麥雷的故事。曼殊斐爾死了，他悲傷得很，無聊極了，他辦了他的報（我怕他的報維持不了），還是悲傷。好了，有一天有一個女的投稿幾首詩，麥雷覺得有意思，寫信叫她去看他，她去看他，一個年輕的女子，兩人說投機了，就結了婚，現在大概他不悲傷了。」

他問我那晚到那裏去。我說到Exeter看教堂去，他說好的，他就講建築，他的本行。我問你小說裏常有建築師，有沒有你自己的影子？他說沒有。這時候梅雪出去了又回來，咻咻的爬在我的身上亂抓。哈代見我有些窘，就站起來呼開梅雪，同時說我們到園裏去走走吧，我知道這是送客的意思。我們一起走出門繞到屋子的左側去看花，梅雪搖著尾巴咻咻的跟著。我說哈代先生，我遠道來你可否給我一點小紀念品。他回頭見我手裏有照相機，他趕緊他的步子急急的說，我不愛照相，有一次美國人來給了我很多的麻煩，我從此不叫來客照相，——我也不給我的筆跡（Autograph），你知道？他腳步更快了，微僂著背，腿微向外彎一擺一擺的走著，彷彿怕來客要強搶他什麼東西似的！「到這兒來，這兒有花，我來採兩朵花給你做紀念，好不好？」他俯身下去到花壇裏去採了一朵紅的一朵白的遞給我：「你暫時插在衣襟上吧，你現在趕六點鐘車剛好，恕我不陪你了，再會，再會——來，來，梅雪，梅雪……」老頭揚了揚手，逕自進門去了。

吝刻的老頭，茶也不請客人喝一杯！但誰還不滿足，得著了這樣難得的機會？往古的達文謇⑮、莎士比亞、歌德、拜倫，是不回來了的；——哈代！多遠多高的一個名字！方才那頭禿禿的背彎彎的腿屈屈的，是哈代嗎？太奇怪了！那晚有月亮，離開哈代家五個鐘頭以後，我站在哀克刹脫⑯教堂的門前玩弄自身的影子，心裏充滿著神奇。

注釋

①即哈代的長篇小說《無名的裘德》。

②通譯濟慈（1795-1821），英國詩人。

③通譯史文朋（1837-1809），英國詩人。

④通譯戈蒂埃（1811-1872），法國詩人。
⑤通譯華茲華斯（1770-1850），英國詩人。
⑥這兩句詩見《曼殊斐爾》一文附詩《哀曼殊斐爾》。
⑦通譯鄧南遮（1863-1938），義大利作家。
⑧通譯約翰·薩金特（1856-1925），義大利裔的美國畫家，晚年在倫敦定居。
⑨這句話是「告訴我是什麼培養了想像力」。
⑩這句話是「為你的觀察力乾杯」。
⑪「說子」，江浙方言，猶如「說道」。
⑫意為：「是的，有機的，是的，有機的：詩必須是活的東西。」
⑬通譯布倫登（1896-1974），英國詩人，二十年代大部分時間在日本教書。
⑭通譯默里（1889-1956），英國批評家，編輯，曾是曼斯費爾德同居的男友。
⑮通譯達文西（1452-1519），義大利文藝復興時期畫家、雕塑家。
⑯即上文中提到的Exeter。

濃得化不開（星加坡）

大雨點打上芭蕉有銅盤的聲音，怪。「紅心蕉」，多美的字面，紅得濃得好。要紅，要熱，要烈，就得濃，濃得化不開，樹膠似的才有意思，「我的心像芭蕉的心，紅……」不成！「緊緊的捲著，我的紅濃的芭蕉的心……」更不成。趁早別再謅什麼詩了。自然的變化，只要你有眼，隨時隨地都是絕妙的詩。完全天生的。白做就不成。看這驟雨，這萬千雨點奔騰的氣勢，這迷濛，這渲染，看這一小方草地生受這暴雨的侵凌，鞭打，針刺，腳踹，可憐的小草，無辜的……可是慢著，你說小草要是會說話。它們會嚷痛，會叫冤不？難說他們就愛這門兒——出其不意的，使蠻勁的，太急一些，當然，可這正見情熱，誰說這外表的凶狠不是變相的愛。有人就愛這急勁兒！

再說小草兒吃虧了沒有，讓急雨狼虎似的胡親了這一陣子？別說了，它們這才真漏著喜色哪，綠得發亮，綠得生油，綠得放光。它們這才樂哪！

嘸，一首淫詩。蕉心紅得濃，綠草綠成油。本來末，自然就是淫，它那從來不知厭滿的創化欲的表現還不是淫：淫，甚也。不說別的，這雨後的泥草間就是萬千小生物的胎宮，蚊蟲，甲蟲，長腳蟲，青跳蟲，慕光明的小生靈，人類的大敵。熱帶的自然更顯得濃厚，更顯得猖狂，更顯得淫，夜晚的星都顯得玲瓏些，像要向你說話半開的妙口似的。

可是這一個人耽在旅舍裏看雨，夠多凄涼。上街不知向哪兒轉，一個熟臉都看不見，話都說不通，天又快黑，胡濕的地，你上哪兒去？得。「有孤王……」一個小聲音從廉楓的嗓子裏自己唱了出來。「坐至在梅……」怎麼了！哼起京調來了？一想著單身就轉著梅龍鎮，再轉就該是李鳳姐了吧，哼！好，從高超的詩思墮落到腐敗的戲腔！可是京戲也不一定是腐敗，何必一定得跟著現代人學勢利？正德皇帝在梅龍鎮上，林廉楓在星加坡。他有鳳姐，我——慚愧沒有。廉楓的眼前晃著舞臺上鳳姐的倩影，曳著圍巾，托著盤，踩著蹺。「自幼兒……」去你的！可是這悶是真的。雨後的天黑得更快，黑影一幕幕的直蓋下來，麻雀兒都回家了。幹什麼好呢？有什麼可幹的？這叫做孤單的況味。這叫做悶。怪不得唐明皇在斜谷口聽著棧道中的雨聲難過，良心發現，想著玉環……我負了卿，負了卿……轉自憶荒塋，——嘸，又是戲！又不是戲迷，左哼右哼哼什麼的！出門吧。

廉楓跳上了一架廠車，也不向那帶回子帽的馬來人開口，就用手比了一個丟圈子的手勢。那馬來人完全瞭解，腦袋微微的一側，車就開了。焦桃片似的店房，黑芝麻長條餅似的街，野獸似的汽車，磕頭蟲似的人力車，長人似的樹，矮樹似的人。廉楓在急掣的車上快鏡似的收著模糊的影片，同時頂頭風刮得他本來梳整齊的分邊的頭髮直向後衝，有幾根沾著他的眼皮癢癢的舐，掠上了又下來，怪難受的。這風可真涼爽，皮膚上，毛孔裏，哪兒都受用，像是在最溫柔的水波裏游泳。做魚的快樂。氣流似乎是密一點，顯得沉。一隻疏蕩的胳膊壓在你的心窩上……確是有肉糜的氣息，濃得化不開。快，快，芭蕉的巨靈掌，椰子樹的旗頭，橡皮樹的白鼓眼，棕櫚樹的毛大腿，合歡樹的紅花痢，無花果樹的要飯腔，蹲著脖子，彎著臂膊……快，快，馬來人的花棚，中國人家的氅燈，西洋人家的牛奶瓶，回子的回子帽，一臉的黑花，活像一隻煨灶的貓……

車忽然停住在那有名的豬水潭的時候，廉楓快活的心輪轉得比車輪更顯得快，這一頓才把他從幻想裏甶了回來。這時候旅困是完全叫風給刮散了。風也刮散了天空的雲，大狗星張著大眼霸佔著東半天，獵夫只看見兩隻腿，天馬也只漏半身，吐魯士牛大哥只翹著一支小尾。咦，居然有湖心亭。這是誰的主意？紅毛人都雅化了，唉。不壞，黃昏未死的紫曛，湖邊叢林的倒影，林樹間豔豔的紅燈，瘦玲玲的窄堤橋連通著湖亭。水面上若無若有的漣漪，天頂幾顆疏散的星。真不壞。但他走上堤橋不到半路就發現那亭子裏一齒齒的把柄，原來這是爲安量水錶的，可這也將就，反正輪廓是一座湖亭，平湖秋月……嘸，有人在哪！這回他發現的是靠亭闌的一雙人影，本來是糊成一餅的，他一走近打攪了他們。「道歉，有擾清興，但我還不只是一朵遊雲，慮俺作甚。」廉楓默誦著他戲白的念頭，粗粗望了望湖，轉身走了回去。「苟……」他坐上車起首想，但他記起了煙捲，忙著在風尖上劃火，下文如其有，也在他第一噴龍捲煙裏沒了。

廉楓回進旅店門彷彿又投進了昏沉的圈套。一陣熱，一陣煩，又壓上了他在晚涼中疏爽了來的心胸。他正想歎一口安命的氣走上樓去，他忽然感到一股彩流的襲擊從右首窗邊的桌座上飛驃了過來。一種巧妙的敏銳的刺激，一種濃豔的警告，一種不是沒有美感的迷惑。只有在巴黎晦盲的市街上走進新派的畫店時，彷彿感到過相類的驚懼。一張佛拉明果的野景，一幅瑪提斯①的窗景，或是佛朗次馬克②的一方人頭馬面。或是馬克夏高爾③的一個賣菜老頭。可這是怎麼了，那窗邊又沒有掛什麼未來派的畫，廉楓最初感覺到的是一球大紅，像是火焰，其次是一片烏黑，墨晶似的濃，可又花鬚似的輕柔；再次是一流蜜，金漾漾的一瀉，再次是朱古律（chocolate），飽和著奶油最可口的朱古律。這些色感因爲濃初來顯得凌亂，但瞬息間線條和輪廓的辨認籠住了色彩的蓬勃的波流。廉楓幽幽的喘了一口氣。「一個黑女人，什麼了！」可是多妖豔的一個黑女，這打扮真是絕了，藝術的手腕神化了天生的材料，好！烏黑的惺忪的是她的髮，紅的是一邊鬢角上的插花，蜜色是她的玲巧的掛肩，朱古律是姑娘的肌膚的鮮豔，得兒朗打打，得兒鈴丁丁……廉楓停步在樓梯邊的欣賞不期然的流成了新韻。

「還漏了一點小小的卻也不可少的點綴，她一隻手腕上還帶著一小支金環哪。」廉楓上樓進了房還是盡轉著這絕妙的詩題——色香味俱全的奶油朱古律，耐宿兒老牌，兩個便士一厚塊，拿銅子往軋縫裏放，一，二，再拉那鐵環，喂，一塊印金字紅紙包的耐宿兒奶油朱古律。可口！最早黑人上畫的是怕是孟內④那張《奧林匹亞》吧，有心機的畫家，廉楓躺在床上在腦筋裏翻著近代的畫史。有心機有膽識的畫家，他不但敢用黑，而且敢用黑來襯托黑，唉，那斜躺著的奧林比亞不是鬢上也插著一朵花嗎？底下的那位很有點像奧林比亞的抄本，就是白的變黑了。但最早對朱古律的肉色表示敬意的可還得讓還高根，對了，就是那味兒，濃得化不開，他爲人間，發現了朱古律皮肉的色香味，他那本Noa，Noa是二十世紀的「新生命」——到半開化，全野蠻的風土間去發現文化的本真，開闢文藝的新感覺……

但底下那位朱古律姑娘倒是作什麼的?作什麼的,傻子!她是一個人道主義者,一筏普濟的慈航,她是賑災的特派員,她是來慰藉旅人的幽獨的。可惜不曾看清她的眉目,望去只覺得濃,濃得化不開。誰知道她眉清還是目秀。眉清目秀!思想落後!唯美派的新字典上沒有這類腐敗的字眼。且不管她眉目,她那姿態確是動人,怯憐憐的,簡直是秀麗,衣服也剪裁得好,一頭蓬鬆的烏霞就耐人尋味。「好花兒出至在僻島上!」廉楓閉著眼又哼上了。……

「誰?」窸窣的門響將他從床上驚跳了起來,門慢慢的自己開著,廉楓的眼前一亮,紅的!一朵花!是她!進來了!這怎麼好!鎮定,傻子,這怕什麼?

她果然進來了,紅的,蜜的,烏的,金的,朱古律,耐宿兒,奶油,全進來了。你不許我進來嗎?朱古律笑口的低聲的唱著,反手關上了門。這回眉目認得清楚了。清秀,秀麗,韶麗;不成,實在得另翻一本字典,可是「妖豔」,總合得上。廉楓迷胡的腦筋裏掛上了「妖」「豔」兩個大字。朱古律姑娘也不等請,已經自己坐上了廉楓的床沿。你倒像是怕我似的,我又不是馬來半島上的老虎!朱古律的濃重的色濃重的香團團圍裹住了半心跳的旅客。濃得化不開!李鳳姐,李鳳姐,這不是你要的好花兒自己來了!籠著金環的一支手腕放上了他的身,紫薑的一支小手把住了他的手。廉楓從沒有知道他自己的手有那樣的白。「等你家哥哥回來」……廉楓覺得他自己變了驟雨下的小草,不知道是好過,也不知道是難受。湖心亭上那一餅子黑影。大自然的創化欲。你不愛我嗎?朱古律的聲音也動人——脆,幽,媚。一隻青蛙跳進了池潭,撲崔!獵夫該從林子裏跑出來了吧?你不愛我嗎？我知道你愛，方才你在樓梯邊看我我就知道，對不對親孩子？紫薑辣上了他的面龐，救駕！快辣上他的口唇了。可憐的孩子，一個人住著也不嫌冷清，你瞧，這胖胖的荷蘭老婆⑤都讓你抱癟了，你不害臊嗎？廉楓一看果然那荷蘭老婆讓他給擠扁了，他不由的覺得臉有些發燒。我來做你的老婆好不好？朱古律的烏雲都蓋下來了。「有孤王……」使不得。朱古律，蓋蘇文，青面獠牙的……「乾米一家的姑母，」血盆的大口，高聳的顴骨，狼嘷的笑響……鞭打，針刺，腳踢——喜色，呸，見鬼！唷，悶死了，不好，茶房！

廉楓想叫可是嚷不出，身上油油的覺得全是汗。醒了醒了，可了不得，這心跳得多厲害。荷蘭老婆活該遭劫，夾成了一個破爛的葫蘆。廉楓覺得口裏直發膩，紫薑，朱古律，也不知是什麼。濃得化不開。

注釋

①通譯馬蒂斯（1869-1954），法國畫家，野獸派代表人物。

②通譯弗朗茨・馬爾克（1880-1916），德國畫家，表現主義畫派代表人物。

③通譯馬克斯・克林格爾（1857-1920），德國畫家，象徵主義畫派代表人物。

④通譯馬奈（1832-1883），法國畫家，印象派創始人之一，《奧林匹亞》是他的代表作。

⑤南洋人睡眠時夾在兩腿之間的長形竹籠，以免酷熱中皮肉黏貼之苦。

濃得化不開之二（香港）

廉楓到了香港，他見的九龍是幾條盤錯的運貨車的淺軌，似乎有頭有尾，有中段，也似乎有隱現的爪牙，甚至在火車頭穿度那柵門時似乎有迷漫的雲氣。中原的念頭，雖則有廣九車站上高標的大鐘的暗示，當然是不能在九龍的雲氣中倖存。這在事實上也省了許多無謂的感慨。因此眼看著對岸，屋宇像櫻花似盛開著的一座山頭，如同對著希望的化身，竟然欣欣的上了渡船。從妖龍的脊背上過渡到希望的化身去。

富庶，真富庶，從街角上的水果攤看到中環乃至上環大街的珠寶店；從懸掛得如同banyan樹一般繁衍的臘食及海味鋪看到穿著定闊花邊豔色新裝走街的粵女；從石子街的花市看到飯店門口陳列著「時鮮」的花狸金錢豹以及在渾水盂內倦臥著的海狗魚，唯一的印象是一個不容分析的印象：濃密，琳琅。琳琅琳琅，廉楓似乎聽得到鐘磬相擊的聲響。富庶，真富庶。

但看香港，至少玩香港少不了坐吊盤車上山去一趟。這吊著上去是有些好玩。海面，海港，海邊，都在軸轆聲中繼續的往下沉。對岸的山，龍蛇似盤旋著的山脈，也往下沉，但單是直落的往下沉還不奇，妙的是一邊你自身憑空的往上提，一邊綠的一角海，灰的一隴山，白的方的房屋，高直的樹，都怪相的一頭吊了起來，結果是像一幅畫斜提著看似的。同時這邊的山頭從平放的饅頭變成側豎的，山腰裏的屋子從橫刺裏傾斜了去，相近的樹木也跟著平行的來。怪極了。原來一個人從來不想到他自己的地位也有不端正的時候；你坐在吊盤車裏只覺得眼前的事物都發了瘋，倒豎了起來。但吊盤車的車裏也有可注意的。一個女性在廉楓的前幾行椅座上坐著。她滿不管車外拿大頂的世界，她有她的世界。她坐著，屈著一隻腿，腦袋有時枕著椅背，眼向著車頂望，一個手指含在唇齒間。這不由人不注意。她是一個少婦與少女間的年輕女子。這不由人不注意，雖則車外的世界都在那裏倒豎著玩。

她在前面走。上山。左轉彎，右轉彎，宕一個山腰的弧線，她在前面走。沿著山堤，靠著岩壁，轉入aloe叢中，繞著一所房舍，抄一折小徑，拾幾級石磴，她在前面走。如其山路的姿態是婀娜，她的也是的。靈活的山的腰身，靈活的女人的腰身。濃濃的折疊著，融融的鬆散著。肌肉的神奇！動的神奇！

廉楓心目中的山景，一幅幅的舒展著，有的山背海，有的山套山，有的濃蔭，有的巉岩，但不論精粗，每幅的中點總是她，她的動，她的中段的擺動。但當她轉入一個比較深奧的山坳時，廉楓猛然記起了TannhaHuser的幸運與命運——吃靈魂的薇納絲。一樣的肥滿。前面別是她的洞府，嘸危險，小心了！

她果然進了她的洞府，她居然也回頭看來，她竟然似乎在回頭時露著微哂的瓠犀。孩子，你敢嗎？那洞府徑直的石級竟像直通上天。她進了洞了。但這時候路旁又發生一個新現象，驚醒了廉楓「鄧浩然」的遐想。一個老婆子操著最破爛的粵音問他要錢，她不是化子，至少不是職業的，因爲她現成有她體面的職業。她是一個勞工。她是一個挑磚瓦的。挑磚瓦上山因紅毛人要造房子。新鮮的是她同時挑著不止一副重擔，她的是局段的回復的運輸。挑上一擔，走上一節路，空身下來再挑一擔上去，如此再下再上，再下再上。她不但有了年紀，她並且是個病人，她的喘是哮喘，不僅是登高的喘，她也咳嗽，她有時全身都咳嗽。但她可解釋錯了。她以爲廉楓停步在路中是對她發生了哀憐的趣味；以爲看上了她！她實在沒有注意到這位年輕人的眼光曾經飛注到雲端裏的天梯上。她實在想不到在這寂寞的山道上會有與她利益相衝突的現象。她當然不能使他失望。當得成全他的慈悲心。她向他伸直了她的一隻焦枯得像貝殼似的手，口裏呢喃著在她是最軟柔的語調。但「她」已經進洞府了。

往更高處去。往頂峰的頂上去。頭頂著天，腳踏著地尖，放眼到寥廓的天邊，這次的憑眺不是尋常的憑眺。這不是香港，這簡直是蓬萊仙島，廉楓的全身，他的全人，他的全心神，都感到了酣醉，覺得震盪。宇宙的肉身的神奇。動在靜中，靜在動中的神奇。在一刹那間，在他的眼內，在他的全生命的眼內，這當前的景象幻化成一個神靈的微笑，一折完美的歌調，一朵宇宙的瓊花。一朵宇宙的瓊花在時空不容分仳的仙掌上俄然的擎出了它全盤的靈異。山的起伏，海的起伏，光的起伏；山的顏色，水的顏色，光的顏色——形成了一種不可比況的空靈，一種不可比況的節奏，一種不可比況的諧和。一方寶石，一球純晶，一顆珠，一個水泡。

但這只是一刹那，也許只許一刹那。在這刹那間廉楓覺得他的脈搏都止息了跳動。他化入了宇宙的脈搏。在這剎那間一切都融合了，一切都消納了，一切都停止了它本體的現象的動作來參加這「剎那的神奇」的偉大的化生。在這剎那間他上山來心頭累聚著的雜格的印象與思緒夢似的消失了蹤影。倒掛的一角海，龍的爪牙，少婦的腰身，老婦人的手與乞討的碎瑣，薇納絲的洞府，全沒了。但轉瞬間現象的世界重復回還。一層紗幕，適才睜眼縱覽時頓然揭去的那一層紗幕，重復不容商榷的蓋上了大地。在你也回復了各自的辨認的感覺這景色是美，美極了的，但不再是方才那整個的靈異。另一種文法，另一種關鍵，另一種意義也許，但不再是那個。它的來與它的去，正如戀愛，正如信仰，不是意力可以支配，可以作主的。他這時候可以分別的賞識這一峰是一個秀挺的蓮苞，那一嶼像一隻雄蹲的海豹，或是那灣海像一鉤的眉月；他也能欣賞這幅天然畫圖的色彩與線條的配置，透視的勻整或是別的什麼，但他見的只是一座山峰，一灣海，或是一幅畫圖。他尤其驚訝那波光的靈秀，有的是綠玉，有的是紫晶，有的是琥珀，有的是翡翠，這波光接連著山嵐的晴靄，化成一種異樣的珠光，掃蕩著無際的青空，但就這也是可以指點，可以比況給你身旁的友伴的一類詩意，也不再是初起那回事。這層遮隔的紗幕是蓋定的了。

因此廉楓拾步下山時心胸的舒爽與恬適不是不和雜著，雖則是隱隱的，一些無名的惆悵。過山腰時他又飛眼望了望那「洞府」，也向路側尋覓那挑磚瓦的老婦，她還是忙著搬運著她那搬運不完的重擔，但她對他猶是對「她」，興趣遠不如上山時的那樣馥郁了。他到半山的涼座地方坐下來休息時，他的思想幾乎完全中止了活動。

《猛虎集》序

在詩集子前面說話不是一件容易討好的事。說得近於誇張了自己面上說不過去，過分謙恭又似乎對不起讀者。最乾脆的辦法是什麼話也不提，好歹讓詩篇它們自身去承當。但書店不肯同意；他們說如其作者不來幾句序言書店做廣告就無從著筆。作者對於生意是完全外行，但他至少也知道書賣得好不僅是書店有利益，他自己的版稅也跟著像樣：所以書店的意思，他是不能不尊敬的。事實上我已經費了三個晚上，想寫一篇可以幫助廣告的序。可是不相干，一行行寫下來只是仍舊給塗掉，稿紙糟蹋了不少張，詩集的序終究還是寫不成。

況且寫詩人一提起寫詩他就不由得傷心。世界上再沒有比寫詩更慘的事；不但慘，而且寒傖。就說一件事，我是天生不長髭鬚的，但為了一些破爛的句子，就我也不知曾經捻斷了多少根想像的長鬚。

這姑且不去說它。我記得我印第二集詩的時候曾經表示過此後不再寫詩一類的話。現在如何又來了一集，雖則轉眼間四個年頭已經過去。就算這些詩全是這四年內寫的（實在有幾首要早到十三年份①）每年平均也只得十首，一個月還派不到一首，況且又多是短短一橛的。詩固然不能論長短，如同whistler②說畫幅是不能用田畝來丈量的。但事實是咱們這年頭一口氣總是透不長——詩永遠是小詩，戲永遠是獨幕，小說永遠是短篇。每回我望到莎士比亞的戲，丹丁③的《神曲》，歌德的《浮士德》一類作品，比方說，我就不由的感到氣餒，覺得我們即使有一些聲音，那聲音是微細得隨時可以用一個小拇指給掐死的。天呀！哪天我們才可以在創作裏看到使人起敬的東西？哪天我們這些細嗓子才可以豁免混充大花臉的急漲的苦惱？

說到我自己的寫詩，那是再沒有更意外的事了。我查過我的家譜，從永樂④以來我們家裏沒有寫過一行可供傳誦的詩句。在二十四歲以前我對於詩的興味遠不如對於相對論或民約論的興味。我父親送我出洋留學是要我將來進「金融界」的，我自己最高的野心是想做一個中國的Hamilton⑤！在二十四歲以前，詩，不論新舊，於我是完全沒有相干。我這樣一個人如果真會成功一個詩人——那還有什麼話說？

但生命的把戲是不可思議的！我們都是受支配的善良的生靈，哪件事我們作得了主？整十年前我吹著了一陣奇異的風，也許照著了什麼奇異的月色，從此起我的思想就傾向於分行的抒寫。一份深刻的憂鬱占定了我；這憂鬱，我信，竟於漸漸的潛化了我的氣質。

話雖如此，我的塵俗的成分並沒有甘心退讓過；詩靈的稀小的翅膀，盡他們在那裏騰撲，還是沒有力量帶了這整份的累墜往天外飛的。且不說詩化生活一類的理想那是談何容易實現，就說平常在實際生活的壓迫中偶爾掙出八行十二行的詩句都是夠艱難的。尤其是最近幾年有時候自己想著了都害怕：日子悠悠的過去內心竟可以一無消息，不透一點亮，不見絲紋的動。我常常疑心這一次是真的乾了完了的。如同契玦臘⑥的一身美是問神道通融得來限定日子要交還的，我也時常疑慮到我這些寫詩的日子，也是什麼神道因為憐憫我的愚蠢暫時借給我享用的非分的奢侈。我希望他們可憐一個人可憐到底！

一眨眼十年已經過去。詩雖則連續的寫，自信還是薄弱到極點。「寫是這樣寫下了」，我常自己想，「但準知道這就能算是詩嗎？」就經驗說，從一點意思的晃動到一篇詩的完成，這中間幾乎沒有一次不經過唐僧取經似的苦難的。詩不僅是一種分娩，它並且往往是難產！這份甘苦是只有當事人自己知道。一個詩人，到了修養極高的境界，如同泰戈爾先生比方說，也許可以一張口就有精圓的珠子吐出來，這事實上我親眼見過來的不打謊，但像我這樣既無天才又少修養的人如何說得上？

只有一個時期我的詩情真有些像是山洪暴發，不分方向的亂沖。那就是我最早寫詩那半年，生命受了一種偉大力量的震撼，什麼半成熟的未成熟的意念都在指顧間散作繽紛的花雨。我那時是絕無依傍，也不知顧慮，心頭有什麼鬱積，就付託腕底胡亂給爬梳了去，救命似的迫切，哪還顧得了什麼美醜！我在短時期內寫了很多，但幾乎全部都是見不得人面的。這是一個教訓。

我的第一集詩——《志摩的詩》——是我十一年回國後兩年內寫的；在這集子裏初期的洶湧性雖已消滅，但大部分還是情感的無關闌的氾濫，什麼詩的藝術或技巧都談不到。這問題一直要到民國十五年我和一多⑦、今甫⑧一群朋友在《晨報副鐫》刊行《詩刊》時方才開始討論到。一多不僅是詩人，他也是最有興味探討詩的理論和藝術的一個人。我想這五六年來我們幾個寫詩的朋友多少都受到《死水》⑨的作者的影響。我的筆本來是最不受羈勒的一匹野馬，看到了一多的謹嚴的作品我方才憬悟到我自己的野性；但我素性的落拓始終不容我追隨一多他們在詩的理論方面下過任何細密的工夫。

我的第二集詩——《翡冷翠的一夜》——可以說是我的生活上的又一個較大的波折的留痕。我把詩稿送給一多看，他回信說「這比《志摩的詩》確乎是進步了——一個絕大的進步」。他的好話我是最願意聽的，但我在詩的「技巧」方面還是那楞生生的絲毫沒有把握。

最近這幾年生活不僅是極平凡，簡直是到了枯窘的深處。跟著詩的產量也盡「向瘦小裏耗」。要不是去年在中大認識了夢家⑩和瑋德⑪兩個年青的詩人，他們對於詩的熱情在無形中又鼓動了我奄奄的詩心，第二次又印《詩刊》⑫，我對於詩的興味，我信，竟可以消沉到幾於完全沒有。今年在六個月內在上海與北京間來回奔波了八次，遭了母喪，又有別的不少煩心的事，人是疲乏極了的，但繼續的行動與北京的風光卻又在無意中搖活了我久蟄的性靈。抬起頭居然又見到天了。眼睛睜開了心也跟著開始了跳動。嫩芽的青紫，勞苦社會的光與影，悲歡的圖案，一切的動，一切的靜，重復在我的眼前展開，有聲色與有情感的世界重復爲我存在；這彷彿是爲了要挽救一個曾經有單純信仰的流入懷疑的頹廢，那在帷幕中隱藏著的神通又在那裏栩栩的生動：顯示它的博大與精微，要他認清方向，再別錯走了路。

我希望這是我的一個真的復活的機會。說也奇怪，一方面雖則明知這些偶爾寫下的詩句，盡是些「破破爛爛」的，萬談不到什麼久長的生命，但在作者自己，總覺得寫得成詩不是一件壞事，這至少證明一點性靈還在那裏掙扎，還有它的一口氣。我這次印行這第三集詩沒有別的話說，我只要借此告慰我的朋友，讓他們知道我還有一口氣，還想在實際生活的重重壓迫下透出一些聲響來的。

你們不能更多的責備。我覺得我已是滿頭的血水，能不低頭已算是好的。你們也不用提醒我這是什麼日子；不用告訴我這遍地的災荒，與現有的以及在隱伏中的更大的變亂，不用向我說正今天就有千萬人在大水裏和身子浸著，或是有千千萬人在極度的饑餓中叫救命；也不用勸告我說幾行有韻或無韻的詩句是救不活半條人命的；更不用指點我說我的思想是落伍或是我的韻腳是根據不合時宜的意識形態的……，這些，還有別的很多，我知道，我全知道；你們一說到只是叫我難受又難受。我再沒有別的話說，我只要你們記得有一種天教歌唱的鳥不到嘔血不住口，牠的歌裏有牠獨自知道的別一個世界的愉快，也有牠獨自知道的悲哀與傷痛的鮮明；詩人也是一種癡鳥，他把他的柔軟的心窩緊抵著薔薇的花刺，口裏不住的唱著星月的光輝與人類的希望，非到他的心血滴出來把白花染成大紅他不住口。他的痛苦與快樂是渾成的一片。

注釋

①指民國十三年，即一九二四年。

②通譯惠斯勒（1834-1903），美國畫家。

③通譯但丁（1265-1321），義大利詩人。
④明成祖朱棣的年號。
⑤通譯漢密爾頓（1757-1804），美國建國初期最重要的政治家之一。
⑥泰戈爾的同名劇本中的女主角。
⑦即聞一多（1899-1946），詩人，當時在清華大學任教。
⑧即楊振聲（1890-1956），小說家。
⑨《死水》，聞一多的詩作。
⑩即陳夢家（1911-1966），新月派後期代表詩人，曾編輯《新月詩選》。
⑪即方瑋德（1909-1935），新月派後期代表詩人，著有《丁香花詩集》、《瑋德詩集》等。
⑫指一九三〇年初由新月書店出版的《詩刊》。

愛眉小札

八月九日起日札

「幸福還不是不可能的」，這是我最近的發現。

今天早上的時刻，過得甜極了。我只要你；有你我就忘卻一切，我什麼都不想什麼都不要了，因爲我什麼都有了。

與你在一起沒有第三人時，我最樂。坐著談也好，走道也好，上街買東西也好。廠甸①我何嘗沒有去過，但哪有今天那樣的甜法；愛是甘草，這苦的世界有了它就好上口了。

眉②，你真玲瓏，你真活潑，你真像一條小龍。

我愛你樸素，不愛你奢華。你穿上一件藍布袍，你的眉目間就有一種特異的光彩，我看了心裏就覺著不可名狀的歡喜。樸素是真的高貴，你穿戴齊整的時候當然是好看，但那好看是尋常的，人人都認得的，素服時的眉，有我獨到的領略。

「玩人喪德，玩物喪志」，這話確有道理。

我恨的是庸凡，平常，瑣細，俗；我愛個性的表現。

我的胸膛並不大，決計裝不下整個或是甚至部分的宇宙。我的心河也不夠深，常常有露底的憂愁。我即使小有才，決計不是天生的，我信是勉強來的；所以每回我寫什麼多少總是難產，我唯一的靠傍是刹那間的靈通。我不能沒有心的平安，眉，只有你能給我心的平安。在你完全的蜜甜的高貴的愛裏，你享受無上的心與靈的平安。

凡事開不得頭，開了頭便有重複，甚至成習慣的傾向。在戀中人也得提防小漏縫兒，小縫兒會變大窟窿，那就糟了。我見過兩相愛的人因為小事情誤會鬥口，結果只有損失，沒有利益。我們家鄉俗諺有：「一天相罵十八頭，夜夜睡在一橫頭。」意思說是好夫妻也免不了吵。我可不信，我信合理的生活，動機是愛，知識是南針；愛的生活也不能純粹靠感情，彼此的瞭解是不可少的。愛是幫助瞭解的力，瞭解是愛的成熟，最高的瞭解是靈魂的化合，那是愛的圓滿功德。

沒有一個靈性不是深奧的；要懂得，真認識一個靈性，是一輩子的工作。這工夫愈下愈有味，像逛山似的，唯恐進得不深。

眉，你今天說想到鄉間去過活，我聽了頂歡喜，可是你得準備吃苦。總有一天我引你到一個地方，使你完全轉變你的思想與生活的習慣。你這孩子其實是太嬌養慣了！我今天想起丹農雪烏的《死的勝利》的結局；但中國人，哪配！眉，你我從今起對愛的生活負有做到他十全的義務。我們應得努力。眉，你怕死嗎？眉，你怕活嗎？活比死難得多！眉，老實說，你的生活一天不改變，我一天不得放心。但北京就是阻礙你新生命的一個大原因，因此我不免發愁。

我從前的束縛是完全靠理性解開的；我不信你的就不能用同樣的方法。萬事只要自己決心；決心與成功間的是最短的距離。

往往一個人最不願意聽的話，是他最應得聽的話。

十日

我六時就醒了，一醒就想你來談話，現在九時半了，難道你還不曾起身，我等急了。我有一個心，我有一個頭，我心動的時候，頭也是動的。

我真應得謝天，我在這一輩子裏，本來自問已是陳死人，竟然還能嘗著生活的甜味，曾經享受過最完全，最奢侈的時辰，我從此是一個富人，再沒有抱怨的口實，我已經知足。這時候，天坍了下來，地陷了下去，霹靂種在我的身上，我再也不怕死，不愁死，我滿心只是感謝。即使眉你有一天（恕我這不可能的設想）心換了樣，停止了愛我，那時我的心就像蓮蓬似的栽滿了窟窿，我所有的熱血都從這些窟窿裏流走——即使有那樣悲慘的一天，我想我還是不敢怨的，因爲你我的心曾經一度靈通，那是不可滅的。上帝的意思到處是明顯的，他的發落永遠是平正的；我們永遠不能批評，不能抱怨。

十一日

這過的是什麼日子！我這心上壓得多重呀！眉，我的眉，怎麼好呢？刹那間有千百件事在方寸間起伏，是憂，是慮，是瞻前，是顧後，這筆上哪能寫出？眉，我怕，我真怕世界與我們是不能並立的，不是我們把他們打毀成全我們的話，就是他們打毀我們，逼迫我們的死。眉，我悲極了，我胸口隱隱的生痛，我雙眼盈盈的熱淚，我就要你，我此時要你，我偏不能有你，喔，這難受——戀愛是痛苦的，是的，眉，再也沒有疑義。眉，我恨不得立刻與你死去，因爲只有死可以給我們想望的清靜，相互的永遠佔有。眉，我來獻全盤的愛給你，一團火熱的真情，整個兒給你，我也盼望你也一樣拿整個、完全的愛還我。

世上並不是沒有愛，但大多是不純粹的，有漏洞的，那就不值錢，平常，淺薄。我們是有志氣的，決不能放鬆一屑屑，我們得來一個真純的榜樣。眉，這戀愛是大事情，是難事情，是關生死超生死的事情——如其要到真的境界，那才是神聖，那才是不可侵犯。有同情的朋友是難得的，我們現有少數的朋友，就思想見解論，在中國是第一流。他們如「先生」，如水王，如金——都是真愛你我，看重你我，期望你我的。他們要看我們做到一般人做不到的事，實現一般人夢想的境界。他們，我敢說，相信你我有這天賦，有這能力；他們的期望是最難得的，但同時你我負著的責任，那不是玩兒。對己，對友，對社會，對天，我們有奮鬥到底，做到十全的責任！

眉，你知道我近來心事重極了，晚上睡不著不說，睡著了就來怖夢，種種的顧慮整天像刀光似的在心頭亂刺，眉，你又是在這樣的環境裏嵌著，連自由談天的機會都沒有，咳，這真是哪裡說起！眉，我每晚睡在床上尋思時，我彷彿覺著髮根裏的血液一滴滴的消耗，在憂鬱的思念中黑髮變成蒼白。一天二十四時，心頭哪有一刻的平安——除了與你單獨相對的俄頃，那是太難得了。眉，我們死去吧，眉，你知道我怎樣的愛你，啊眉！比如昨天早上你不來電話，從九時半到十一時，我簡直像是活抱著炮烙似的受罪，心那麼的跳，那麼的痛，也不知爲什麼，說你也不信，我躺在榻上直咬著牙，直翻身喘著哪！後來再也忍不住了，自己拿起了電話，心頭那陣的狂跳，差一點把我暈了。誰知你一直睡著沒有醒，我這自討苦吃多可笑，但同時你得知道，眉，在戀中人的心理是最複雜的心理，說是最不合理可以，說是最合理也可以。眉，你肯不肯親手拿刀割破我的胸膛，挖出我那血淋淋的心留著，算是我給你最後的禮物？

今朝上睡昏昏的只是在你的左右。那怖夢真可怕，彷彿有人用妖法來離間我們，把我迷在一輛車上，整天整夜的飛行了三晝夜，旁邊坐著一個瘦長的嚴肅的婦人，像是運命自身，我昏昏的身體動不得，口開不得，聽憑那妖車帶著我跑，等得我醒來下車的時候，有人來對我說你已另訂約了。我說不信，你帶約指的手指忽在我眼前閃動。我一見就往石板上一頭衝去，一聲悲叫，就死在地下——正當你電話鈴響把我振醒，我那時雖則醒了，但那一陣的悽惶與悲酸，像是靈魂出了竅似的，可憐呀，眉！我過來正想與你好好的談半句鐘天，偏偏你又得出門就診去，以後一天就完了，四點以後過的是何等不自然而局促的時刻！我與適之談，也是淒涼萬狀，我們的影子在荷池圓葉上晃著，我心裏只是悲慘，眉呀！我心肝的眉啊！你快來伴我死去吧！

十二日

這在戀中人的心境真是每分鐘變樣，絕對的不可測度。昨天那樣的受罪，今兒又這般的上天，多大的分別！像這樣的豔福，世上能有幾個人享著；像這樣奢侈的光陰，這宇宙間能有幾多？卻不道我年前口占的「海外纏綿香夢境，銷魂今日竟燕京」，應在我的甜心眉你的身上！海，明白了，我真又歡喜又感激；他這來才夠交情，我從此完全信託他了。眉，你的福分可也真不小，當代賢哲你瞧都在你的妝台前聽候差遣。眉，你該睡著了吧，這時候，我們又該夢會了！說也真怪，近來精神異常的抖擻，真想做事了，眉你內助我，我要向外打仗去！

十四日

昨晚不知哪兒來的興致，十一點鐘跑到東花廳，本想與奚若談天，他買了新鮮核桃、葡萄、沙果、蓮蓬請我，誰知講不到幾句話，太太回來了，那就是完事。接著W和M也來了，一同在天井裏坐著閒話，大家嚷餓，就吃蛋炒飯，我吃了兩碗，飯後就嚷打牌，我說那我就得住夜，住夜就得與他們夫婦同床，M連罵「要死快哩，瘋頭瘋腦！」但結果打完了八圈牌，我的要求居然做到，三個人一頭睡下，熄了燈，M躲緊在W的胸前，格支支的笑個不住，我假裝睡著，其實他們說話等等我全聽分明，到天亮都不會落忽。

眉，娘真是何苦來。她是聰明，就該聰明到底；她既然看出我們倆都是癡情人，容易鍾情，她就該得想法大處落墨，比如說禁止你與我往來，不許你我見面，也是一個辦法；否則就該承認我們的情分，給我們一條活路才是道理。像這樣小鵜鵜的溜著眼珠當著人前提防，多說一句話該，多看一眼該，多動一手該，這可不是真該，實際毫無干係，只叫人不舒服，強迫人裝假，真是何苦來。眉，我總說有真愛就有勇氣，你愛我的一片血誠，我身體磨成了粉都不能懷疑，但同時你娘那裏既不肯冒險，他那裏又不肯下決斷，生活上也沒有改向，單叫我含糊的等著，你說我心上哪能有平安，這神魂不定又哪能做事？因此我不由不私下盼望你能進一步愛我，早晚想一個堅決的辦法出來，使我早一天定心，早一天能堂皇的做人，早一天實現我一輩子理想中的新生活。眉，你愛我究竟是怎樣的愛法？

我不在時你想我，有時很熱烈的想我，那我信！但我不在時你依舊有你的生活，並不是怎樣的過不去；我在你當然更高興，但我所最要知道的是，眉呀，我是否你「完全的必要」，我是否能給你一些世上再沒有第二人能給你的東西，是否在我的愛你的愛裏你得到了你一生最圓滿，最無遺憾的滿足？這問題是最重要不過的，因爲戀愛之所以爲戀愛，就在他那絕對不可改變不可替代的一點；羅米烏愛玖麗德，願爲她死，世上再沒有第二個女子能動他的心；玖麗德愛羅米烏，願爲他死，世上再沒有第二個男子能占她一點子的情，他們那戀愛之所以不朽，又高尚，又美，就在這裏。他們倆死的時候彼此都是無遺憾的，因爲死成全他們的戀愛到最完全最圓滿的程度，所以這，「Die upon a kiss」③是真鍾情人理想的結局，再不要別的。反面說，假如戀愛是可以替代的，像是一支牙刷爛了可以另買，衣服破了可以另製，他那價值也就可想。「定情」——the spiritual engagement, the great mutual giving up④——是一件偉大的事情，兩個靈魂在上帝的眼前自願的結合，人間再沒有更美的時刻——戀愛神聖就在這絕對性，這完全性，這不變性；所以詩人說：

the light of a whole life dies,

When love is done.⑤

戀愛是生命的中心與精華；戀愛的成功是生命的成功，戀愛的失敗是生命的失敗，這是不容疑義的。

眉，我感謝上蒼，因爲你已經接受了我；這來我的靈性有了永久的寄託，我的生命有了最光榮的起點，我這一輩子再不能想望關於我自身更大的事情發現，我一天有你的愛，我的命就有根，我就是精神上的大富翁。因此我不能不切實的認明這基礎究竟是多深，多堅實，有多少抵抗侵凌的實力——這生命裏多的是狂風暴雨！

所以我不怕你厭煩我要問你究竟愛到什麼程度？有了我的愛，你是否可以自慰已經得到了生命與生命中的一切？反面說，要沒有我的愛，是否你的一生就沒有了光彩？我再來打譬喻：你愛吃蓮肉，愛吃雞豆肉；你也愛我的愛；在這幾天我信蓮肉、雞豆、愛都是你的需要；在這情形下愛只像是一個「加添的必要」——The additional necessity，不是絕對的必要，比如空氣，比如飲食，沒了一樣就沒有命的。有蓮時吃蓮，有雞豆時吃雞豆；有愛時「吃」愛。好；再過幾時時新就換樣，你又該吃蜜桃，吃大石榴了，那時假定我給你的愛也跟著蓮與雞豆完了，但另有與石榴同時的愛現成可以

「吃」——你是否能照樣過你的活，照樣生活裏有跳有笑的？再說明白的，眉呀，我祈望我的愛是你的空氣，你的飲食，有了就活，缺了就沒有命的一樣東西；不是雞豆或是蓮肉，有時吃固然痛快，過了時也沒有多大交關，石榴、柿子、青果跟著來替口味多著呢！眉，你知道我怎樣的愛你，你的愛現在已是我的空氣與飲食，到了一半天不可少的程度，因此我要知道在你的世界裏我的愛占一個什麼地位？

May, I miss your passionately appealing gazing and soul communicating glances which once so overwhelmed and ingratiated me. Suppose I die suddenly tomorrow morning. Suppose I come to contract an incurable disease. Suppose I cease to love you. Suppose I change my heart and love somebody else, what then would you feel and what would you do? These are very cruel supposition I know, but all the same I can't help making them, such being the lover's psychology.

Do you know what would I have done if in my coming back, I should have found my love no longer mine! Try and imagine the situation and tell me what you think.⑥

日記已經第六天了，我寫上了一二十頁，不管寫的是什麼，你一個字都還沒有出世哪！但我卻不怪你，因爲你真是貴忙；我自己就負你空忙大部分的責。但我盼望你及早開始你的日記，紀念我們同玩廠甸那一個蜜甜的早上。我上面一大段問你的話，確是我每天鬱在心裏的一點意思，眉，你不該答覆我一兩個字嗎？眉，我寫日記的時候我的意緒益發蠶絲似的繞著你；我筆下多寫一個眉字，我口裏低呼一聲我的愛，我的心爲你多跳了一下。你從前給我寫的時候也是同樣的情形我知道，因此我益發盼望你繼續你的日記，也使我多得一點歡喜，多添幾分安慰。

十四日半夜

我想去買一只玲瓏堅實的小箱，存你我這幾日來交換的信件，算是我們定情的一個紀念，你意思怎樣？

十六日

真怪，此刻我的手也直抖擻，從沒有過的，眉，我的心，你說怪不怪，跟你的抖擻一樣？想是你傳給我的，好，讓我們同病；叫這劇烈的心震震死了豈不是完事一宗？事情的確是到門了，眉，是往東走或往西走你趕快得定主意才是，再要含糊時大事就變成了頑笑，那可真不是玩！他⑦那口氣是最分明沒有的了；那位京友我想一定是雙心（手震好了），決不會第二個人。他現在的口氣似乎比從前有主意的多，他已經準備「依法辦理」；你聽他的話「今年決不攔阻你」，好，這回像人了！他像人，我們還不爭氣嗎？眉，這事情清楚極了，只要你的決心，娘，別說一個，十個也不能攔阻你。我的意思是我們同到南邊去（你不願我的名字混入第一步，固然是你的好意，但你知道那是不成功的，所以與其拖泥帶漿還不如走大方的路，來一個乾脆，只是情是真的，我們有什麼見不得人面的地方？）找著百里做中間人，解決你與他的事情，第二步當然不用提及，雖則誰不明白？

眉，你這回真不能再做小孩了，你得硬一硬心，一下解決了這大事，免得成天懷鬼胎過不自然的痛苦的日子。要知道你一天在這尷尬的境地裏嵌著，我也心理上一天站不直，哪能真心去做事，害得誰都不舒服，真是何苦來？眉，救人就是自救，自救就是救人。我最恨的是苟且，因循，懦怯，在這上面無論什麼事，都是找不到基礎的。有志事竟成，沒有錯兒。奮勇上前吧，眉，你不用怕，有我整個兒在你旁邊站著，誰要動你分毫，有我拚著性命保護你，你還怕什麼？

今晚我認帳心上有點不舒服，但我有解釋，理由很長，明天見面再說吧。我的心懷裏，除了摯愛你的一片熱情外，我決不容留任何夾雜的感想；這冊愛眉小札裏，除了登記因愛而流出的思想外，我也決不願夾雜一些不值得的成分。眉，我是太癡了，自頂至踵全是愛，你得明白我，你得永遠用你的柔情包住我這一團的熱情，決不可有一絲的漏縫，因爲那時就有爆裂的危險。

十八日

十一點過了。肚子還是疼，又招了涼，怪難受的，但我一個人占這空院子（道宏這回真走了），夜沉沉的，哪能睡得著？這時候飯店涼臺上正涼快，舞場中衣香鬢影多浪漫多作樂呀！這屋子悶熱得凶，蚊蟲也不饒人，我臉上腕上腳上都叫咬了。我的病我想一半是昨晚少睡，今天打球後又喝冰水太多，此時也有些倦意，但眉你不是說回頭給我打電話嗎？我哪能睡呢！聽差們該死，走的走，睡的睡，一個都使喚不來。你來電時我要是睡著了那又不成。所以我還是起來塗我最親愛的愛眉小札吧。方才我躺在床上又想這樣那樣的。怪不得老話說「疾病則思親」，我才小不舒服，就動了感情，你說可笑不？我倒不想父母，早先我有病時總想媽媽，現在連媽媽都退後了，我只想我那最親愛的，最鍾愛的小眉。我也想起了你病的那時候，天罰我不叫我在你的身旁，我想起就痛心，眉，我怎麼不知道你那時熱烈的想我要我。我在義大利時有無數次想出了神，不是使勁的自咬手臂，就是拿拳頭捶著胸，直到真痛了才知道。今晚輪著我想你了。眉！我想像你坐在我的床頭，給我喝熱水，給我吃藥，撫摩著我生痛的地方，讓我好好的安眠，那多幸福呀！我願意生一輩子病，叫你坐一輩子的床頭。哦那可不成，太自私了，不能那樣設想。昨晚我問你我死了你怎樣，你說你也死，我問真的嗎，你接著說的比較近情些。你說你或許不能死，因爲你還有娘，但你會把自己「關」起來，再不與男子們來往。眉，真的嗎？門關得上，也打得開，是不是？

我真傻，我想的是什麼呀，太空幻了！我方才想假使我今晚肚子疼是盲腸炎，一陣子湧上來在極短的時間內痛死了我，反正這空院子裏鬼影都沒，天上只有幾顆冷淡的星，地下只有幾莖野草花。我要是真的靈魂出了竅，那時我一縷精魂飄飄蕩蕩的好不自在，我一定跟著涼風走，自己什麼主意都沒有；假如空中吹來有音樂的聲響，我的鬼魂許就望著那方向飛去——許到了飯店的涼臺上。啊，多涼快的地方，多好聽的音樂，多熱鬧的人群呀！啊，那又是誰，一位妙齡女子，她慵慵的倚著一個男子肩頭在那像水潑似的地平上翩翩的舞，多美麗的舞影呀！但她是誰呢，爲什麼我這縹緲的三魂無端又感受一個勁烈的顫慄？她是誰呢，那樣的美，那樣的風情，讓我移近去看看，反正這鬼影是沒人覺察，不會招人討厭的不是？現在我移近了她的跟前——慵慵的倚著一個男子肩頭款款舞踏著的那位女郎。她到底是誰呀，你，孤單的鬼影，究竟認清了沒有？她不是旁人；不是皇家的公主，不是外邦的少女；她不是別人，她就是她——你生前瀝肝腦去戀愛的她！你自己不幸，這大早就變了鬼，她又不知道，你不通知她哪能知道——那圓舞的音樂多香柔呀！好，我去通知她吧。那鬼影躊躇了一晌，咽住了他無形的悲淚，益發移近了她，舉起一個看不見的指頭，向著她暖和的胸前輕輕的一點——啊，她打了一個寒噤，她抬起了頭，停了舞，張大了眼睛，望著透光的鬼影睜眼的看，在那一瞥間她見著了，她也明白了，她知道完了——她手掩著面，她悲切切的哭了。她同舞的那位男子用手去攬著她，低下頭去軟聲聲安慰她——在潑水似的地平上，他擁著掩面悲泣的她慢慢走回坐位去坐下了。音樂還是不斷的奏著。

十二點了。你還沒有消息，我再上床去躺著想吧。

十二點三刻了。還是沒有消息。水管的水聲，像是瀝淅的秋雨，真惱人。爲什麼心頭這一陣陣的淒涼；眼淚——線條似的掛下來了！寫什麼，上床去吧。

一點了。一個秋蟲在階下鳴，我的心跳；我的心一塊塊的迸裂；痛！寫什麼，還是躺著去，孤單的癡人！

一點過十分了。還這麼早，時候過的真慢呀！

這地板多硬呀，跪著雙膝生痛；其實何苦來，禱告又有什麼用處？人有沒有心是問題；天上有沒有神道更是疑問了。

志摩啊你真不幸！志摩啊你真可憐！早知世界是這樣的，你何必投娘胎出世來！這一腔熱血遲早有一天嘔盡。

一點二十分！

一點半——Marvelous！

一點三十五分——Life is too charming, too charming indeed, Haha!

一點三刻——O is that the way woman love! Is that the way woman love!

一點五十五分——天呀！

兩點五分——我的靈魂裏的血一滴滴的在那裏掉……

兩點十八分——瘋了！

兩點三十分

兩點四十分

「The pity of it, the pity of it, Iago!」Christ, what a hell
Is packed into that line! Each syllable blessed when you say it……⑧

兩點五十分——靜極了。

三點七分

三點二十五分——火都沒了！

三點四十分——心茫然了！

五點欠一刻——咳！

六點三十分

七點二十七分

十九日

眉，你救了我，我想你這回真的明白了，情感到了真摯而且熱烈時，不自主的往極端方向走去，亦難怪我昨夜一個人發狂似的想了一夜。我何嘗成心和你生氣，我更不會存一絲的懷疑，因爲那就是懷疑我自己的生命，我只怪嫌你太孩子氣，看事情有時不認清親疏的區別，又太顧慮，缺乏勇氣。須知真愛不是罪（就怕愛而不真，做到真字的絕對義那才做到愛字），在必要時我們得以身殉，與烈士們愛國，宗教家殉道，同是一個意思。你心上還有芥蒂時，還覺得「怕」時，那你的思想就沒有完全叫愛染色，你的情沒有到晶瑩剔透的境界，那就比一塊光澤不純的寶石，價值不能怎樣高的。昨晚那個經驗，現在事後想來，自有它的功用，你看我活著不能沒有你，不單是身體，我要你的性靈，我要你身體完全的愛我，我也要你的性靈完全的化入我的，我要的是你的絕對的全部——因爲我獻給你的也是絕對的全部，那才當得起一個愛字。在真的互戀裏，眉，你可以儘量，盡性的給，把你一切的所有全給你的戀人，再沒有任何的保留，隱藏更不須說；這給，你要知道，並不是給掉，像你送人家一件袍子或是什麼，非但不是給掉，這給是真的愛，因為在兩情的交流中，給與愛再沒有分界；實際是你給的多你愈富有，因為戀情不是像金子似的硬性，它是水流與水流的交抱，是明月穿上了一件輕快的雲衣，雲彩更美，月色亦更豔了。眉，你懂得不是，我們買東西尚且要挑剔，怕上當，水果不要有蛀洞的，寶石不要有斑點的，布綢不要有皺紋的，愛是人生最偉大的一件事實，如何少得了一個完全，一定得整個換整個，整個化入整個，像糖化在水裏，才是理想的事業，有了那一天，這一生也就有了交代了。

眉，方才你說你願意跟我死去，我才放心你愛我是有根了；事實不必有，決心不可不有，因為實際的事變誰都不能測料，到了臨場要沒有相當準備時，原來神聖的事業立刻就變成了醜陋的頑笑。世間多的是沒志氣的人，所以只聽見頑笑，真的能認真的能有幾個人；我們不可不格外自勉。

我不僅要愛的肉眼認識我的肉身，我要你的靈眼認識我的靈魂。

小曼名言：「我想一個人想吃，什麼東西就吃得著，也是好過的。」

二十日

我還覺得虛虛的，熱沒有退淨，今晚好好睡就好了，這全是自討苦吃。前晚本只小恙，加上整夜的發狂，當然出報應了，眉，你也應得負責。

我愛那重簾，要是簾外有濃綠的影子，那就更趣了。

你這無謂的應酬真叫人太不耐煩，我想想真有氣，成天遭強盜搶。老實說，我每晚睡不著也就爲此，眉，你真的得小心些，要知道「防微杜漸」在相當的時候是不可少的。

二十一日

眉，醒起來，眉，起來，你一生最重要的交關已經到門了，你再不可含糊，你再不可因循，你成人的機會到了，真的到了。他已經把你看作潑水難收，當著生客們的面前，儘量的羞辱你；你再沒有志氣，也不該猶豫了！同時你自己也看得分明，假如你離成了，決不能再在北京耽下去。我是等著你，天邊去，地角也去，爲你我什麼道兒都欣欣的不躊躇的走去。聽著：你現在的選擇，一邊是苟且曖昧的圖生，一邊是認真的生活；一邊是骯髒的社會，一邊是光榮的戀愛；一邊是無可理喻的家庭，一邊是海闊天空的世界與人生；一邊是你的種種的習慣，寄媽舅母，各類的朋友，一邊是我與你的愛。認清楚了這回，我最愛的眉呀，「差以毫釐，謬以千里」，「一失足成千古恨」，你真的得下一個完全自主的決心，叫愛你期望你的真朋友們一致起敬你才好呢！

眉，爲什麼你不信我的話，到什麼時候你才聽我的話！你不信我的愛嗎？你給我的愛不完全嗎？爲什麼你不肯聽我的話，連極小的事情都不依從我——倒是別人叫你上哪兒，你就梳頭打扮了快走。你果真愛我，不能這樣沒膽量，戀愛本是光明事，爲什麼要這樣子偷偷的，多不痛快。

眉，要知道你只是偶爾的覺悟，偶爾的難受，我呢，簡直是整天整晚的叫憂愁割破了我的心。

O May! love me, give me all your love, let us become one; try to live into my love for you, let my love fill you, nourish you, caress your daring body and hug your daring soul too; let my love stream over you, merge you thoroughly, let me rest happy and confident in your passion for me!⑨

憂愁他整天拉著我的心，
像一個琴師操練他的琴；
悲哀像是海礁間的飛濤；
看他那洶湧聽他那呼號。

二十二日

眉，今兒下午我實在是餓荒了，壓不住上衝的肝氣，就這麼說吧，倒叫你笑話我酸勁兒大，我想想是覺著有些過分的不自持。但同時你當然也懂得我的意思，我盼望，聰明的眉呀，你知道我的心胸不能算不坦白，度量也不能說是過分的窄，我最恨是瑣碎地方認真，但大處要分明，名分與瞭解有了就好辦，否則就比如一盤不分疆界的棋，叫人無從下手了。很多事情是庸人自擾，頭腦清明所以是不能少的。

你方才跳舞說一句話很使我自覺難爲情，你說：「我們還有什麼客氣？」難道我真的氣度不寬，我得好好的反省才是。眉，我沒有怪你的地方，我只要你的思想與我的合併成一體，絕對的泯縫，那就不易見錯兒了。

我們得互相體諒；在你我間的一切都得從一個愛字裏流出。

我一定聽你的話，你叫我幾時回南我就回南，你叫我幾時往北我就幾時往北。

今天本想當人前對你說一句小小的怨語，可沒有機會，我想說：「小眉真對不起人，把人家萬里路外叫了回來，可連一個清靜談話的機會都沒給人家！」下星期西山去一定可以有機會了，我想著就起勁，你呢，眉？

我較深的思想一定得寫成詩才能感動你，眉，有時我想就只你一個人真的懂我的詩，愛我的詩，真的我有時恨不得拿自己血管裏的血寫一首詩給你，叫你知道我愛你是怎樣的深。

眉，我的詩魂的滋養全得靠你，你得抱著我的詩魂像母親抱孩子似的，他冷了你得給他穿，他餓了你得餵他食——有你的愛他就不愁餓不怕凍，有你的愛他就有命！

眉，你得引我的思想往更高更大更美處走；假如有一天我思想墮落或是衰敗時就是你的羞恥，記著了，眉！

已經三點了，但我不對你說幾句話我就別想睡。這時你大概早睡著了，明兒九時半能起嗎？我怕還是問題。

你不快活時我最受罪，我應當是第一個有特權有義務給你慰安的人不是？下回無論你怎樣受了誰的氣不受用時，只要我在你旁邊看你一眼或是輕輕的對你說一兩個小字，你就應得寬解；你永遠不能對我說「Shut up」（當然你決不會說的，我是說笑話），叫我心裏受刀傷。

我們男人，尤其是像我這樣的癡子，真也是怪，我們的想頭不知是哪樣轉的，比如說去秋那「一雙海電」，爲什麼這一來就叫一萬二千度的熱頓時變成了冰，燒得著天的火立刻變成了灰，也許我是太癡了，人間絕對的事情本是少有的。All or nothing——到如今還是我做人的標準。

眉，你真是孩子，你知道你的情感的轉向來的多快，一會兒氣得話都說不出，一會兒又嚷吃麵包夾肉了！

今晚與你跳的那一個舞，在我是最Enjoy不過了，我覺得從沒有經驗過那樣濃豔的趣味——你要知道你偶爾喚我時我的心身就化了！

二十三日

昨晚來今雨軒又有慷慨激昂的「援女學聯會」，有一個大鬍子矮矮的，很像沈鈞儒不知是誰，他像是大軍師模樣，三五個女學生一群男學生站在一起談話，女的哭哭啼啼，一面擦眼淚，一面高聲的抗議，我只聽見「像這樣還有什麼公理呢？」又說「誰失蹤了，誰受重傷了，誰準叫他們打死了，唉，一定是打死了，嗚……嗚……」

眉，倒看得好玩，你說女人真不中用，一來就哭，你可不知道女人的哭才是她的真本領哩！

今天一早就下雨，整天陰霾到底，你不樂，我也不快；你不願見人，並且不願見我；你不打電話，我知道你連我的聲音都不願聽見，我可一點也不怪你，眉，我懂得你的抑鬱，我只抱歉我不能給你我應分的慰安。十一點半了，你還不曾回家，我想像你此時坐在一群叫囂不相干的俗客中間，看他們放肆的賭，你盡楞著，眼淚向裏流著，有時你還得陪笑臉，眉，你還不厭嗎，這種無謂的生活，你還不造反嗎？眉？

我不知道我對你說著什麼話才好，好像我所有的話全說完了，又像是什麼話都沒有說，眉呀，你望不見我的心嗎？這淒涼的大院子今晚又是我單個兒占著，靜極了，我覺得你不在我的周圍，我想飛上你那裏去，一時也像飛不到的樣子，眉，這是受罪，真是受罪！方才適之說他這一時不很上我們這兒來，因爲他看了我們不自然的情形覺著不舒服，原來事情沒有到門大家見面打哈哈倒沒有什麼，這回來可不對了，悲慘的顏色，緊急的情調，一時都來了，但見面時還得裝作，那就是痛苦，連旁觀人都受著的，所以他不願意來，雖則他很Miss你。他明天見娘談話去，他再不見效，誰都不能見效了。他真是好朋友，他見到，他也做到，我們將來怎樣答謝他才好哩。叔華來信有這幾句話：——我覺得自己無助的可憐，但是一看小曼，我覺得自己運氣比她高多了，如果我精神上來，多少可以做些事業，她卻難上難，一不狠心立志，險得很。歲月蹉跎，如何能保守健康精神與身體！志摩，你們都是她的至近朋友，怎不代她設想設想？使她蹉磨下去，真是可惜，我是巾幗到底不好參與家事……

二十四日

近來你真的不很聽話，眉，你知道不？也許我不會說話，你不愛聽，也許你心煩聽不進，今晚在真光我問你記否去年第一次在劇場覺得你的髮鬈擦著我的臉，（我在海拉爾寄回一首詩來紀念那初度尖銳的官感，在我是不可忘的，）你連理都沒有理會我，許是你看電影出了神，我不能過分怪你。

今晚北海真好，天上的雙星那樣的晶清，隔著一條天河含情的互睇著；滿池的荷葉在微風裏透著清馨；一彎黃玉似的初月在西天掛著；無數的小蟲相應的叫著；我們的小舫在荷葉叢中刺著。（我與適之同舟，我忽然發了虛榮病，想起「李郭同舟望若仙」的句子，你不要笑我！）我就想你，要是你我倆坐著一隻船在湖心裏蕩著，看星，聽蟲，嗅荷馨，忘卻了一切，多幸福的事，我就怨你這一時心不靜，思想不清，我要你到山裏去也就爲此。你一到山裏心胸自然開豁的多，我敢說你多忘了一件雜事，你就多一分心思留給你的愛；你看看地上的草色，看看天上的星光，摸摸自己的胸膛，自問究竟你的靈魂得到了寄託沒有，你的愛得到了代價沒有，你的一生尋出了意義沒有？你在北京城裏是不會有清明思想的——大自然提醒我們內心的願望。

我想我以後寫下的不拿給你看了，眉，一則因爲天天看煩得很，反正是這一路的話，這愛長愛短老聽也是怪膩煩的；二則我有些不甘願，因爲分明近來你並不怎樣看重我的「心聲」。我每天的寫，有功夫就寫，倒像是我唯一的功課，很多是夜闌人靜半夜三更寫的，可是你看也就翻過算數，到今天你那本子還是白白的，我問你勸你的話你也從不提及，可見你並不曾看進去，我寫當然還是寫，但我想近來不每天繳卷似的送過去了，我也得裝裝馬虎，等你自己想起時問起時真要看時再給你不遲。我記得（你記得嗎，眉？）才幾個月前你最初與我秘密通訊時，你那時的誠懇，焦急，需要，怎樣抱怨我不給你多寫，你要看我的字，就比掉在岸上的魚想水似的急，——唉，那時間我的肝腸都叫你搖動了，眉！難道這幾個月來你已經看夠了不成？我的話準沒有先前的動聽，所以你也不再著急要，雖則我自問我對你一往的深情真是一天深似一天，我想看你的字，想聽你的話，想摟抱你的思想，正比你幾個月前想要我的有增無減——眉，這是什麼道理？我知道我如其盡說這一套帶怨意的話，你一定看得更不耐煩，我真是愈來愈蠢了，什麼新鮮的念頭，討人歡喜招人樂的俏皮話一句也想不著，這本子一頁又一頁只是板著臉子說的鄭重話，哪能怪你不愛看——我自個兒活該不是？下回我想來一個你給我的信的一個研究——我要重新接近你那時的真與摯，熱烈與深刻。眉，你知道你那時偶爾看一眼，那一眼裏含著多少的深情呀！現在你快正眼都不愛覷我了，眉，這是什麼道理？你說你心煩，所以連面都不願見我——我懂得，我不怪你，假如我再跑了一次看看——我不在跟前時也許你的思想倒會分給我一些——你說人在身邊，何必再想，真是！這樣說來我願意我立即死了，那時候我倒可以希望佔有你一部分純潔的思想的快樂。眉，你幾時才能不心煩？你一天心煩，我也一天不心安，因為我們倆的思想鑲不到一起，隨我怎樣的用力用心——

眉，假如我逼著你跟我走，那是說到和平辦法真沒有希望時，你將怎樣發付我？不，我情願收回這問句，因為你也許不忍心拿一把刀插在愛你的摩的心裏！

咳，「以不了了之」，什麼話！我倒不信，徐志摩不是懦夫，到相當時候我有我的顏色，無恥的社會你們看著吧！

眉，只要你有一個日本女子一半的癡情與俠氣——你早跟我飛了，什麼事都解決了。亂絲總得快刀斬，眉，你怎的想不通呀！（夜半二時）上海有時症，天又熱，我也有些怕去。

二十五日

眉，你快樂時就比花兒開，我見了真樂！

二十七日

兩天不親近愛眉小札了，真覺得抱歉。

香山去只增添，加深我的懊喪與惆悵，眉，沒有一分鐘過去不帶著想你的癡情。眉，上山，聽泉，折花，望遠，看星，獨步，嗅草，捕蟲，尋夢，——哪一處沒有你，眉，哪一處不惦著你眉，哪一個心跳不是為著你眉！

我一定得造成你，眉！旁人的閒話我愈聽愈惱，愈憤愈自信，眉，交給我你的手，我引你到更高處去，我要你托膽的完全信任的把你的手交給我。

我沒有別的方法，我就有愛；沒有別的天才，就是愛；沒有別的能耐，只是愛；沒有別的動力，只是愛。

我是極空洞的一個窮人，我也是一個極充實的富人──我有的只是愛。

眉，這一潭清冽的泉水；你不來洗濯誰來；你不來解渴誰來；你不來照形誰來！

我白天想望的，晚間祈禱的，夢中纏綿的，平旦時神往的──只是愛的成功，那就是生命的成功。

是真愛不能沒有力量；是真愛不能沒有悲劇的傾向。

眉，適之說你意志不堅強，所以目前逢著有阻力的環境倒是好的，因爲有阻力的環境是激發意志最強的一個力量，假如阻力再不能激發意志時，那事情也就不易了。

這時候各界的看法各各不同，眉，你覺出了沒有？有絕對懷疑的；有相對懷疑的；有部分同情的；有完全同情的（那很少，除是老金）；有嫉忌的；有陰謀破壞的（那最危險）；有肯積極助成的；有願消極幫忙的……都有。但是，眉；聽著，一切都跟著你我自身走；只要你我有意志，有志氣，有勇敢，加在一個真的情愛上，什麼事不成功，真的！

有你在我的懷中，雖則不過幾秒鐘，我的心頭便沒有憂愁的蹤跡；你不在我的當前，我的心就像掛燈似的懸著。

你爲什麼不抽空給我寫一點？不論多少，抱著你的思想與抱著你的溫柔的肉體，同樣是我這輩子無上的快樂。

往高處走，眉，往高處走！

我不願意你過分「愛物」，不願意你隨便花錢，無形中養成「想什麼非要到什麼不可」的習慣；我將來決不會怎樣賺錢的，即使有機會我也不來，因爲我認定奢侈的生活不是高尙的生活。愛，在儉樸的生活中，是有真生命的，像一朵朝露浸著的小草花；在奢華的生活中，即使有愛，不能純粹，不能自然，像是熱屋子裏烘出來的花，一半天就有衰萎的憂愁。

論精神我主張貴族主義；談物質我主張平民主義。

眉，你閒著時候想一想，你會不會有一天厭棄你的摩。不要怕想，想是領到「通」的路上去的。

受朋友憐惜與照顧也得有個限度，否則就有界限不分明的危險。小的地方要防，正因爲小的地方容易忽略。

二十八日

這生活真悶死得人，下午等你消息不來時，我反仆在床上，凄涼極了，心跳得飛快，在迷惘中呻吟著「Let me die, let me die, O Love!」

眉，你的舌頭上生疱，說話不利便；我的舌頭上不生疱，說話一樣的不能出口，我只能連聲的叫你，眉，眉，你聽著了沒有？

爲誰憔悴？眉，今天有不少人說我。

老太爺防賊有功，應賞反穿黃馬褂！

心裏只是一束亂麻，叫我如何定心做事。

「南邊去防口實」，咳眉，這回再要「以不了了之」，我真該投身西湖做死鬼去了！

我本想在南行前寫完這本日記的，但看情形怕不易了；眉，這本子裏不少我的嘔心血的話，你要是隨便翻過的話，我的心血就白嘔了！

二十九日

眉，今天今晚我釋然得很。

三十一日

眉，今晚我只是「爽然」！「如此星辰非昨夜，爲誰風露立終宵」，多淒涼的情調呀！北海月色荷香，再會了！

織女與牛郎，清淺一水隔，相對兩無言，盈盈復脈脈。
請看石上三分月。

九月五日　上海

前幾天真不知是怎樣過的，眉呀，昨晚到站時「譚」背給我聽你的來電，他不懂得末尾那個眉字，瞎猜是密碼還是什麼，我真忍不住笑了——好久不笑了眉，你的摩！

先生真可人，「一切如意——珍重——眉」多可愛呀，救命王菩薩，我的眉！這世界畢竟不是騙人的，我心裏又漾著一陣甜味兒，癢齊齊怪難受的，飛一個吻給我至愛的眉，我感謝上蒼，真厚待我，眉終究不負我，忍不住又獨自笑了。昨夜我住在蔣家，覆去翻來老想著你，哪睡得著，連著蜜甜的叫你嗔你親你，你知道不，我的愛？

今天捱過好不容易，直到十一時半你的信才來，阿彌陀佛，我上天了。我一壁開信就見著你肥肥的字跡我就樂，想躲著看，我媽坐在我對桌，我爸躺在床上同聲笑著罵了「誰來看你信，這鬼鬼祟祟的幹麼！」我倒怪不好意思的，念你信時我臉上一定很有表情，一忽兒緊皺著眉頭，一忽兒笑逐顏開，媽準遞眼風給爸笑話我哪！

眉，我真心的小龍，這來才是推開雲霧見青天了！我心花怒放就不用提了，眉，我恨不得立刻摟著你，親你一個氣都喘不回來，我的至寶，我的心血，這才是我的好龍兒哪！

你那裏是披心瀝膽，我這裏也打開心腸來收受你的至誠——同時我也不敢不感激我們的「紅娘」，他真是你我的恩人——想想當代的聖人做你我的紅娘！你我還不爭氣一些，還不爭氣一些！

說也真怪，昨天還是在昏沉地獄裏坑著的，這來勇氣全回來了，你答應了我的話，你給了我交代，我還不聽你話向前做事去，眉，你放心，你的摩也不能不給你一個好「交代」！

今天我對百里全講了，他明白，他說有辦法，可不知什麼辦法？

真厭死人，娘還得跟了來！我本想到南京去接你的，她若來時我連上車站都不便，這多氣人，可是我聽你話，眉，如今我完全聽你話，你要我怎辦就怎辦，我完全信託你，我耐著——爲你眉。

眉，你幾時才能再給我一個甜甜的……我急了！

八日　四時

風波，惡風波。

眉，方才聽說你在先施吃冰其林，剪髮，我也放心了；昨晚我說——「The absolute way out is the best way out: let he die.」

我意思是要你死；你既不能死，那你就活；現在情形大概你也活得過去，你也不須我保護；我爲你已經在我的靈魂上塗上一大搭的窯煤，我等於說了謊，我想我至少是對得住你的；這也是種氣使然，有行動時只是往下爬，永遠不能向上爭，我只能暫時灑一滴創心的悲淚，拿一塊冷笑的毛氈包起我那流鮮血的心，等著再看隨後的變化吧。

我此時竟想立刻跑開，遠著你們，至少讓「你的」幾位安安心；我也不寫信給你，也沒法寫信；我也不想報復，雖則你娘的橫蠻真叫人髮指；我也不要安慰，我自己會騙自己的，罷了，罷了，真罷了！

一切人的生活都是說謊打底的，志摩，你這個癡子妄想拿真去代謊，結果你自己輪著雙層的大謊，罷了，罷了，真罷了！眉，難道這就是你我的下場頭？難道老婆婆的一條命就活活的嚇倒了我們，真的蠻橫壓得倒真情嗎？

眉，我現在只想在什麼時候再有機會抱著你痛哭一場——我此時忍不住悲淚直流，你是弱者，眉，我更是弱者的弱者，我還有什麼面目見朋友去，還有什麼心腸做事情去——罷了，罷了，真罷了！

眉，留著你半夜驚醒時一顆淒涼的眼淚給我吧，你不幸的愛人！

眉，你鏡子裏照照，你眼珠裏有我的眼水沒有？唉，再見吧！

九日

今晚許見著你，眉，叫我怎樣好！郭虞裳說我非但近癡，簡直已經癡了。方才爸爸進來問我寫什麼，我說日記，他要看前面的題字，沒法給他看了，他指了指「眉」字，笑了笑，用手打了我一下。爸爸真通人情，前夜我沒回家他急得什麼似的一晚沒睡，他說替我「捏著一大把汗」，後來問我怎樣，我說沒事，他說「你額角上亮著哪！」，他又對我說「像你這樣年紀，身邊女人是應得有一個的，但可不能胡鬧，以後，有夫之婦總以少接近爲是。」我當然不能對他細講，點點頭算數。

昨晚我叫夢象纏得真苦，眉，你真害苦了我，叫我怎生才是？我真想與你與你們一家人形跡上完全絕交，能躲避處躲避，免不了見面時也只隨便敷衍，我恨你的娘刺骨，要不爲你愛我，我要叫她認識我的厲害！等著吧，總有一天報復的！

我見人都覺著尷尬，瞭解的朋友又少，真苦死。前天我急極時忽然想起了廬隱，她多少是個有俠氣的女子，她或能幫忙，比如代通消息，但我現在簡直連信都不想給你通了，我這裏還記著日記，你那裏恐怕連想我都沒有時候了，唉，我一想起你那專暴淫蠻的娘！

我來揚子江邊買一把蓮蓬；
手剝一層層的蓮衣，
看江鷗在眼前飛，
忍含著一眼悲淚，——
我想著你，我想著你，啊小龍！

我嘗一嘗蓮瓤，回味曾經的溫存——
那階前不捲的重簾，
掩護著銷魂的歡戀，
我又聽著你的盟言：
「永遠是你的，我的身體，我的靈魂。」

我嘗一嘗蓮心，我的心比蓮心苦——
我長夜裏怔忡，
掙不開的惡夢；
誰知我的苦痛？——
你害了我，愛，這日子叫我如何過？

但我不能說你負，更不能猜你變；
我心頭只是一片柔，
你是我的！我依舊
將你緊緊的抱摟；——

除非是天翻——但我不能想像那一天！

九月四日　滬寧道上

九月十日

「受罪受大了！」受罪受大了，我也這麼說。眉呀，昨晚席間我渾身的肉都顫動了，差一點不曾爆裂。說也怪，我本不想與你說話的，但等到你對我開口時，我悶在心裏的話一句都說不上來，我睜著眼看你來，睜著眼看你去，誰知道你我的心！

有一點我卻不甚懂，照這情形絕望是定的了，但你的口氣卻還不是那樣子，難道你另外又想出了路子來？我真想不出。

十一日

眉，你到底是什麼回事？你眼看著我流淚晶晶的說話的時候，我似乎懂得你，但轉瞬間又模糊了；不說別的，就這現虧我就吃定的了，「總有一天報答你」——那一天不是今天，更有哪一天？我心只是放不下，我明天還得對你說話。

事態的變化真是不可逆料，難道真有命的不成？昨晚在M外院微光中，你鑠亮的眼對著我，你溫熱的身子親著我，你說「除非立刻跑」，那話就像電火似的照亮了我的心，那一刹那間，我樂極了，什麼都忘了，因爲昨天下午你在慕爾鳴路上那神態真叫我有些詫異，你一邊咬得那樣定，你心裏究竟是什麼一回事呢？所以我忍不住（怕你真又糊塗了）寫了封信給F，親自跑去送信，本不想見你的，他昨晚態度倒不錯，承他的情，我又占了你至少五分鐘。但我昨晚一晚只是睡不著，就惦著怎樣「跑」。我想起大連，想叫適之下來幫著我們一點，這樣那樣盡想，連我們在大連租的屋子，相互的生活，都一一影片似的翻上心來。今天我一早出門還以爲有幾分希冀，這冒險的意思把我的心搔得直發癢，可萬想不到說謊時是這般田地，說了真話還是這般田地，真是麻維勒斯⑩了！這下F可露透，他真是乏，他真甘心情願，做開眼的第八，捨不得拋你走，夠了。

我心裏只是一團謎，我爸我娘直替我著急，悲觀得凶，可我又有什麼辦法？咳眉你不能成心的害我毀我；你今天還說你永遠是我的，又偷給我兩個吻，在F的鼻子底下，我沒法不信你，況且你又有那封真摯的信，我怎能不憐著你一點，這生活真是太蹊蹺了！

十三日

適之昨晚來信，滿是慰我的好意，我不能不聽他的話，他懂得比我多，看得比我透，我真想暫時收拾起我的私情，做些正經事業，也叫愛我如適之的寬寬心。咳，我真是太對不起人了。

眉，一見你一口氣就哽住了我的咽喉，什麼話都說不出來了，他昨晚的態度真怪，（唐瑛嚇壞了，祖法取笑她，說她想到自己身上去了；）許有什麼花樣，他臨上馬車過來與我握手的神情也頂怪的。我站著看你，心裏難受就不用提了。你到底是誰的？昨晚本想與你最後說幾句話，結果還是一句都說不成，只是加添了憤懣。咳，你的思想真混，眉，我不能不說你。你畫那蜘蛛網是什麼存心，難怪適之見了不高興，我也不高興。

這來我幾時再見你眉？看你吧。我不放心的就是你許有徹悟的時候，真要我的時候，我又不在你的身旁，那便怎辦？

西湖上見得著我的眉嗎？

我本來站在一個光亮的地位，你拿一個黑影子丟上我的身來，我沒法擺脫……

The sufferer has no right to pessimism.

這話裏有電！有震醒力！

十日在棧裏做了一首詩：

今晚天上有半輪的下弦月；
我想攜著她的手，
往明月多處走——
一樣是清光，我想，圓滿或殘缺。

庭前有一樹開剩的玉蘭花；
　她有的是愛花癖，
　我愛看她的憐惜——
一樣是芬芳，她說，滿花與殘花。

濃蔭裏有一隻過時的夜鶯；
　她受了秋涼，
　不如從前瀏亮——
快死了，她說，但我不悔我的癡情！

但這鶯，這一樹殘花，這半輪月——
　我獨自沉吟，
　對著我的身影——
她在哪裡呀，為什麼傷悲，凋謝，殘缺？

十六日

你今晚終究來不來？你不來時我明天走怕不得相見了；你來了又待怎樣？我現在至多的想望是與你臨行一訣，但看來百分裏沒有一分機會！你娘不來時許還有法想；她若來時什麼都完了。想著真叫人氣；但轉想即使見面又待怎生，你還是在無情的石壁裏嵌著，我沒法挖你出來，多見只多嘗銳利的痛苦，雖則我不怕痛苦。眉，我這來完全變了個「宿命論者」，我信人事會合有命有緣，絕對不容什麼自由與意志，我現在只妄想你常說那句話早些應驗──「我總有一天報答你」，是的我也信，前世不論，今生是你欠我債的；你受了我的禮還不曾回答；你的盟言──「完全是你的，我的身體，我的靈魂」──還不曾實踐，眉，你決不能隨便墮落了，你不能負我，你的唯一的摩！我固然這輩子除了你沒有受過女人的愛，同時我自信你也該覺著我給你的愛也不是尋常的。眉，真的到幾時才能清帳，我不是急，你要我耐我不是不能耐，但怕的是華年不駐，熱情難再，到那天彼此都離朽木不遠的時候再交抱，豈不是「何苦」？

我怕我的話說不到你耳邊，我不知你不見我時心裏想的是什麼，我不能自由見你，更不能勉強你想我；但你真的能忘我嗎？真的能忍心隨我去休嗎？眉，我真不信為什麼我的運蹇如此！

我的心想不論望哪一方向走，碰著的總是你，我的甜；你呢？

在家裏伴娘睡兩晚，可憐，只是在夢陣裏顛倒，連白天都是這怔怔的。昨天上車時，怕你在車上，初到打電話時怕你已到，到春潤廬時怕你就到──這心頭的回折，這無端的狂跳，有誰知道？方才送花去，躊躇了半晌，不忍不送，卻沒有附信去，我想你夠懂得。

昨天在樓外樓上微醺時那淒涼味兒，眉呀，你何苦愛我來！

方才在煙霞洞與復之閒談，他說今年紅蓼紅蕉都死了，紫薇也叫蟲咬了，我聽了又有悵觸，隨謅四句——

紅蕉爛死紫薇病，
秋雨橫斜秋風緊。
山前山後亂鳴泉，
有人獨立悵空溟。

十七日

爸今天一定很怪我，早上沒有回去，他已是不願意，下午又沒有回，他準皺眉！但他也一定有數，我為什麼耽著；眉，我的眉，為你，不為你更為誰！可憐我今天去車站盼望你來，又不敢露面，心裏雙層的難受，結果還是白候。這時候有九時半了，王福沒電話來，大約又沒有到，也許不叫打，我幾次三番想寫給你可又沒法傳遞，咳，真苦極了，現在我立定主意走了，不管了，以後就看你了，眉呀！想不到這愛眉小札，歡歡喜喜開的篇，會有這樣淒慘的結束，這一段公案到哪一天才判得清？我成天思前想後的，神思越來越恍惚了，再不趕快找適之尋安慰去，我真該瘋了。眉，我有些怨你；不怨你別的，怨你在京那一個月，多難得的日子，沒多給我一點平安，你想想北海那晚上！眉，要不是你後來那封信，我真該疑你了。

今天我又發傻，獨自去靈隱，直挺挺的躺在蟹雷亭下那石條磴上尋夢，我故意把你那小紅絹蓋在臉上，妄想倩女離魂，把你變到蟹雷亭下來會我！眉，你究竟怎樣了，我哪裡捨得下你，我這裏還可以現在似的自由的寫日記，你那裏怕連出神的機會都沒，一個野蠻娘，一個滿曠丈夫，手挽手的給你造上一座打不破的牢牆，想著怎不叫人恚憤！你說「Some day God will pity us」；but will there be such a day?

昨晚把娘給我那玻璃翠戒指落了，真嚇得我！恭喜沒有掉了；我盼望有一天把小龍也撿了回來，那才真該恭喜哪。

昏昏的度日，詩意盡有，寫可寫不成，方才湊成了四節。

昨天我冒著大雨去煙霞嶺下訪桂；
南高峰在煙霞中不見；
在一家松茅鋪的屋沿前
我停步，問一個村姑今年
翁家山的丹桂有沒有去年時的媚。

那村姑先對著我身上細細的端詳：

「活像個羽毛浸瘺了的鳥」，

我心裏想，她一定覺得蹊蹺，

在這大雨天單身走遠道，

倒來沒來頭的問桂花今年香不香！

「客人，你運氣不好，來得太遲又太早；

這裏就是有名的滿家弄，

往年這時候到處香得凶，

這幾天連綿的雨，外加風，

弄得這稀糟，今年的早桂就算完了。」

果然這桂子林也不能給我歡喜：

枝上只見焦爛的細蕊，

看著淒慘，咳，無妄的災，

我心想，為什麼到處憔悴？——
這年頭活著不易，這年頭活著不易！

又湊成了一首——

再不見雷峰，雷峰坍成了一座大荒塚，
頂上有不少交抱的青蔥，
頂上有不少交抱的青蔥，
再不見雷峰，雷峰坍成了一座大荒塚。

發什麼感慨，對著這光陰應分的摧殘？
世上多的是不應分的變態；
世上多的是不應分的變態，
發什麼感慨，對著這光陰應分的摧殘？
發什麼感慨，這塔是鎮壓，這墳是掩埋——

鎮壓還不如掩埋來得痛快；
鎮壓還不如掩埋來得痛快，
發什麼感慨，這塔是鎮壓，這墳是掩埋！

再沒有雷峰，雷峰從此掩埋在人的記憶中，
像曾經的夢境，曾經的愛寵；
像曾經的夢境，曾經的愛寵，
再沒有雷峰，雷峰從此掩埋在人的記憶中！

這首我看還過得去，通篇還有連貫的地方。

注釋

①廠甸，北京舊地名。

②眉，即陸小曼（1900-1965），又稱龍兒。她擅長琴棋書畫，會唱京劇，通曉英語、法語，二十年代初在北京社交界頗有名氣。一九二四年與徐志摩相識，未久兩人即陷入熱戀，後於一九二六年在北京結婚。《愛眉小札》基本上是他們戀愛過程的情感記錄。

③意即「一吻而亡」，莎士比亞《奧賽羅》一劇中的臺詞。

④意即「精神上的婚約，偉大的獻身」。

⑤意即「當戀愛失敗時，整個生命之火也熄滅了。」

⑥意為：「眉，我想念你那深情的凝視和傳情的眼神，它們曾使我魄牽夢繞。假設我明天早晨突然死去，假設我突然染上絕症，假設我不再愛你，假設我變了心愛上別人，你會有什麼感覺，你會怎麼做？我知道這些都是很殘酷的假設，但我還是忍不住的做了，這便是陷於愛情之中的人的心理。如果我回來，發現我的愛人已不再屬於我，你知道我會怎麼做嗎？想像一下這種情形，告訴我你的想法。」

⑦「他」，指王賡，陸小曼當時的丈夫。

⑧意為：「可惜呀，可惜，依阿高！」天哪，這句話裏凝聚了多少的痛苦！你說的每個音節都是神聖的……。其中引文是莎士比亞《奧賽羅》第四幕第一景中奧賽羅的臺詞，作者引用時稍作變動。

⑨意為：「哦，眉！愛我；給我你全部的愛，讓我們成為一體；嘗試在我對你的愛裏生活吧，讓我的愛充滿你的全身心，滋養你，愛撫你美麗的玉體並擁抱你美麗的靈魂；讓我的愛漫過你，徹底地淹沒你；讓我幸福與自信地休息在你對我的愛裏面！」

⑩marvelous的音譯，意為不可思議的。

志摩書信

一九二五年三月三日自北京

小曼：

這實在是太慘了，怎叫我愛你的不難受？假如你這番深沉的冤曲有人寫成了小說故事，一定可使千百個同情的讀者滴淚，何況今天我處在這最尷尬最難堪的地位，怎禁得不咬牙切齒的恨，肝腸迸裂的痛心呢？真的太慘了，我的乖，你前生作的是什麼孽，今生要你來受這樣慘酷的報應？無端折斷一枝花，尚且是殘忍的行爲，何況這生生的糟蹋一個最美最純潔最可愛的靈魂。真是太難了，你的四周全是銅牆鐵壁，你便有翅膀也難飛，咳，眼看著一隻潔白美麗的稚羊讓那滿面横肉的屠夫擎著利刀向著她刀刀見血的蹂躪謀殺——旁邊站著不少的看客，那羊主人也許在內，不但不動憐惜，反而稱讚屠夫的手段，好像他們都掛著饞涎想分嘗美味的羊羔哪！咳，這簡直的不能想，實有的與想像的悲慘的故事我亦聞見過不少，但我愛，你現在所身受的卻是誰都不曾想到過，更有誰有膽量來寫？我倒勸你早些看哈代那本Jude The Obscure①吧，那書裏的女子Sue你一定很可同情她，哈代寫的結果叫人不忍卒讀，但你得明白作者的意思，將來有機會我對你細講。

咳，我真不知道你申冤的日子在哪一天！實在是沒有一個人能明白你，不明白也算了，一班人還來絕對的冤你，啊呸，狗屁的禮教，狗屁的家庭，狗屁的社會，去你們的，青天裏白白的出太陽，這群人血管的水全是冰涼的！我現在可以放懷的對你說，我腔子裏一天還有熱血，你就一天有我的同情與幫助；我大膽的承受你的愛，珍重你的愛，永保你的愛，我如其憑愛的恩惠還能從我性靈裏放射出一絲一縷的光亮，這光亮全是你的，你儘量用吧！假如你能在我的人格思想裏發現有些許的滋養與溫暖，這也全是你的，你儘量使吧！最初我聽見人家誣衊你的時候，我就熱烈的對他們宣言，我說你們聽著，先前我不認識她，我沒有權利替她說話，現在我認識了她，我絕對的替她辯護，我敢說如其女人的心曾經有過純潔的，她的就是一個。（Her heart is as pure and unsoiled as any women's heart can be; and her soul as noble.）現在更進一層了，你聽著這分別，先前我自己彷彿站得高些，我的眼是往下望的，那時我憐你惜你疼你的感情是斜著下來到你身上的，漸漸的我覺得我的看法不對，我不應得站得比你高些，我只能平看著你。我站在你的正對面，我的淚絲的光芒與你的淚絲的光芒針對的交換著，你的靈性漸漸的化入了我的，我也與你一樣覺悟了一個新來的影響，在我的人格中四佈的貫徹；——現在我連平視都不敢了，我從你的苦惱與悲慘的情感裏憬悟了你的高潔的靈魂的真際，這是上帝神光的反映，我自己不由的低降了下去，現在我只能仰著頭獻給你我有限的真情與真愛，聲明我的驚訝與讚美。不錯，勇敢，膽量，怕什麼？前途當然是有光亮的，沒有也得叫他有。一個靈魂有時可以到最黑暗的地獄裏去遊行，但一點神靈的光亮卻永遠在靈魂本身的中心點著——況且你不是確信你已經找著了你的真歸宿，真想望，實現了你的夢？來，讓這偉大的靈魂的結合毀滅一切的阻礙，創造一切的價值，往前走吧，再也不必遲疑！

你要告訴我什麼，儘量的告訴我，像一條河流似的儘量把他的積聚交給無邊的大海，像一朵高爽的葵花，對著和暖的陽光一瓣瓣的展露她的秘密。你要我的安慰，你當然有我的安慰，只要我有我能給；你要什麼有什麼，我只要你做到你自己說的一句話——「Fight On」——即使運命叫你在得到最後勝利之前碰著了不可躲避的死，我的愛，那時你就死，因爲死就是成功，就是勝利。一切有我在，一切有愛在。同時你努力的方向得自己認清，再不容絲毫的含糊，讓步犧牲是有的，但什麼事都有個限度，有個止境；你這樣一朵稀有的奇葩，決不是爲一對不明白的父母，一個不瞭解的丈夫犧牲來的。你對上帝負有責任，你對自己負有責任，尤其你對於你新發現的愛負有責任，你已往的犧牲已經足夠，你再不能輕易糟蹋一分半分的黃金光陰。人間的關係是相對的，應職也有個道理，靈魂是要救度的，肉體也不能永遠讓人家侮辱蹂躪，因爲就是肉體也是含有靈性的。

總之一句話：時候已經到了，你得Assert your own personality。你的心腸太軟，這是你一輩子吃虧的原因，但以後可再不能過分的含糊了，因爲靈與肉實在是不能絕對分家的，要不然Nora②何必一定得抛棄她的家，永別她的兒女，重新投入渺茫的世界裏去？她爲的就是她自己人格與性靈的尊嚴，侮辱與蹂躪是不應得容許的。且不忙慢慢的來，不必悲觀，不必厭世，只要你抱定主意往前走，決不會走過頭，前面有人等著你。

以後的信，你得好好的收藏起來，將來或許有用，在你申冤出氣時的將來，但暫時決不可洩漏，切切！

摩　一九二五年三月三日

一九二五年三月四日自北京

小龍：

你知道我這次想出去也不是十二分心願的，假定老翁的信早六個星期來時，我一定絕無顧戀的想法走了完事③；但我的胸坎間不幸也有一個心，這個脆弱的心又不幸容易受傷，這回的傷不瞞你說又是受定的了，所以我即使走也不免咬一咬牙齒忍著些心痛的。這還是關於我自己的話；你一方面我委實有些不放心，不是別的，單怕你有限的勇氣敵不過環境的壓迫力，結果你竟許多少不免明知故犯，該走一百里路也只能走滿三四十里，這是可慮的。

龍呀：你不知道我怎樣深刻的期望你勇猛的上進，怎樣的相信你確有能力發展潛在的天賦，怎樣的私下禱祝有那一天叫這淺薄的惡俗的勢利的「一般人」開著眼驚訝，閉著眼慚愧——等到那一天實現時，那不僅是你的勝利也是我的榮耀哩！聰明的小曼：千萬爭這口氣才是！我常在身旁自然多少於你有些幫助，但暫時分別也有絕大的好處，我人去了，我的思想還是在著，只要你能容受我的思想。我這回去是補足我自己的教育，我一定加倍的努力吸收可能的滋養，我可以答應你我決不枉費我的光陰與金錢，同時我當然也期望你加倍的勤奮，認清應走的方向，做一番認真的工夫試試，我們總要隔了半年再見時彼此無愧才好。你的情形固然不同，但你如其真有深徹的覺悟時，你的生活習慣自然會得改變的，我信F也能多少幫助你。

我並不願意做你的專制皇帝，落後叫你害怕討厭，但我真想相當的督飭著你，如其你過分頑皮時，我是要打的嚇！有一件事不知你能否做到，如能倒是件有益而且有趣的事，我想要你寫信給我，不是平常的寫法，我要你當作日記寫，不僅記你的起居等等，並且記你的思想情感——能寄給我當然最好，就是不寄也好，留著等我回來時一總看，先生再批分數，你如其能做到這點意思，那我就高興而且放心了。同時我當然有信給你，不能怎樣的密，因為我在旅行時怕不能多寫，但我答應選我一路感到的一部分真純思想給你，總叫你得到了我的消息，至少暫時可以不感覺寂寞，好不好，曼？關於遊歷方面，我已經答應做《現代評論》的特約通訊員，大概我人到眼到的事物多少總有報告，使我這裏的朋友都能分沾我經驗的利益。

頂要緊是你得拉緊你自己，別讓不健康的引誘搖動你，別讓消極的意念過分壓迫你，你要知道我們一輩子果然能真相知真瞭解，我們的犧牲，苦惱與努力，也就不算是枉費的了。

摩　三月四日

一九二五年三月十日自北京

龍龍：

我的肝腸寸寸的斷了，今晚再不好好的給你一封信，再不把我的心給你看，我就不配愛你，就不配受你的愛。我的小龍呀，這實在是太難受了，我現在不願別的，只願我伴著你一同吃苦——你方才心頭一陣陣的作痛，我在旁邊只是咬緊牙關閉著眼替你熬著，龍呀，讓你血液裏的討命鬼來找著我吧，叫我眼看你這樣生生的受罪，我什麼意念都變了灰了！你吃現鮮鮮的苦是真的，叫我怨誰去？

離別當然是你今晚縱酒的大原因，我先前只怪我自己不留意，害你吃成這樣，但轉想你的苦，分明不全是酒醉的苦，假如今晚你不喝酒，我到了相當的時刻得硬著頭皮對你說再會，那時你就會舒服了嗎？再回頭受逼迫的時候，就會比醉酒的病苦強嗎？咳，你自己說的對，頂好是醉死了完事，不死也得醉，醉了多少可以自由發洩，不比死悶在心窩裏好嗎？所以我一想到你橫豎是吃苦，我的心就硬了。我只恨你不該留這許多人一起喝，人一多就糟，要是單是你與我對喝，那時要醉就同醉，要死也死在一起，醉也是一體，死也是一體，要哭讓眼淚和成一起，要心跳讓你我的胸膛貼緊在一起，這不是在極苦裏實現了我們想望的極樂，從醉的大門走進了大解脫的境界，只要我們靈魂合成了一體，這不就滿足了我們最高的想望嗎？

啊我的龍，這時候你睡熟了沒有？你的呼吸調勻了沒有？你的靈魂暫時平安了沒有？你知不知道你的愛正在含著兩眼熱淚在這深夜裏和你說話，想你，疼你，安慰你，愛你？我好恨呀，這一層的隔膜，真的全是隔膜，這彷彿是你淹在水裏掙扎著要命，他們卻擲下瓦片石塊來算是救渡你，我好恨呀！這酒的力量還不夠大，方才我站在旁邊我是完全準備了的，我知道我的龍兒的心坎兒只嚷著「我冷呀，我要他的熱胸膛偎著我，我痛呀，我要我的他摟著我，我倦呀，我要在他的手臂內得到我最想望的安息與舒服！」——但是實際上我只能在旁邊站著看，我稍微的一幫助就受人干涉，意思說「不勞費心，這不關你的事，請你早去休息吧，她不用你管！」哼，你不用我管！我這難受，你大約也有些覺著吧！

方才你接連了叫著，「我不是醉，我只是難受，只是心裏苦。」你那話一聲聲像是鋼鐵錐子刺著我的心：憤，慨，恨，急的各種情緒就像潮水似的湧上了胸頭；那時我就覺得什麼都不怕，勇氣像天一般的高，只要你一句話出口什麼事我都幹！為你，我拋棄了一切只是本分；為你，我還顧得什麼性命與名譽——真的，假如你方才說出了一半句著邊際著顏色的話，此刻你我的命運早已變定了方向都難說哩！

你多美呀，我醉後的小龍，你那慘白的顏色與靜定的眉目，使我想像起你最後解脫時的形容，使我覺著一種逼迫讚美崇拜的激震，使我覺著一種美滿的和諧——龍，我的至愛，將來你永訣塵俗的俄頃，不能沒有我在你的最近的邊旁，你最後的呼吸一定得明白報告這世間你的心是誰的，你的愛是誰的，你的靈魂是誰的！龍呀，你應當知道我是怎樣的愛你，你佔有我的愛，我的靈，我的肉，我的「整個兒」永遠在我愛的身旁旋轉著，永久的纏繞著，真的龍龍，你已經激動了我的癡情。我說出來你不要怕，我有時真想拉你一同情死去，去到絕對的死的寂滅裏去實現完全的愛，去到普遍的黑暗裏去尋求唯一的光明——咳，今晚要是你有一杯毒藥在近旁，此時你我竟許早已在極樂世界了。

說也怪，我真的不沾戀這形式的生命，我只求一個同伴，有了同伴我就情願欣欣的瞑目；龍龍，你不是已經答應做我永久的同伴了嗎？我再不能放鬆你，我的心肝，你是我的，你是我這一輩子唯一的成就，你是我的生命，我的詩；你完全是我的，一個個細胞都是我的——你要說半個不字叫天雷打死我完事。

我在十幾個鐘頭內就要走了，丟開你走了，你怨我忍心不是？我也自認我這回不得不硬一硬心腸，你也明白我這回去是我精神的與知識的「散拿吐瑾」④，我受益就是你受益，我此去得加倍的用心，你在這時期內也得加倍的奮鬥，我信你的勇氣，這回就是你試驗，實證你勇氣的機會，我人雖走，我的心不離開你，要知道在我與你的中間有的是無形的精神線，彼此的悲歡喜怒此後是會相通的，你信不信？（**身無彩鳳雙飛翼，心有靈犀一點通。**）我再也不必囑咐，你已經有了努力的方向，我預知你一定成功，你這回衝鋒上去，死了也是成功！有我在這裏，阿龍，放大膽子，上前去吧，彼此不要辜負了，再會！

摩　三月十日早三時

我不願意替你規定生活，但我要你注意韁子一次拉緊了是鬆不得的，你得咬緊牙齒暫時對一切的遊戲娛樂應酬說一聲再會，你乾脆的得謝絕一切的朋友。你得徹底的刻苦，你不能縱容你的Whims

⑤，再不能管閒事，管閒事空惹一身騷；也再不能發脾氣。記住，只要你耐得住半年，只要你決意等我，回來時一定使你滿意歡喜，這都是可能的；天下沒有不可能的事——只要你有信心，有勇氣，腔子裏有熱血，靈魂裏有真愛。龍呀！我的孤注就押在你的身上了！

再如失望，我的生機也該滅絕了，

最後一句話：只有S是唯一有益的真朋友。

三月十日早

一九二五年三月十日晚

方才無數美麗的信箋都叫你們搶了去，害我一片紙都找不著，此刻過西北時寫一個字條給丁在君是撕下一張報紙角來寫的，你看這多窘；幸虧這位先生是丁老夫子的同事，說來也是熟人，承他作成，翻了滿箱子替我尋出這幾張紙來，要不然我到奉天前只好擱筆，筆倒有，左邊小口袋內就是一排三支。

方才那百子放得惱人，害得我這鐵心漢也覺著有些心酸，你們送客的有掉眼淚的沒有？（啊啊臭美！）小曼，我只見你雙手掩著耳朵，滿面的驚慌，驚了就不悲，所以我推想你也沒掉眼淚。但在滿月夜分別，咳！我孤孤單單的一揮手，你們全站著看我走，也不伸手來拉一拉，樣兒也不裝裝，真可氣。我想送我的裏面，至少有一半是巴不得我走的，還有一半是「你走也好，走吧。」車出了站，我獨自的晃著腦袋，看天看夜，稍微有些難受，小停也就好了。

我倒想起去年五月間那晚我離京向西時的情景：那時更悽愴些，簡直的悲，我站在車尾巴上，大半個黃澄澄的月亮在東南角上升起，車輪閣的閣的響著，W還大聲的叫「徐志摩哭了」（不確）；但我那時雖則不曾失聲，眼淚可是有的。怪不得我，你知道我那時怎樣的心理，彷彿一個在俄國吃了大敗仗往後退的拿破崙，天茫茫，地茫茫，心更茫茫，叫我不掉眼淚怎麼著？但今夜可不同，上次是向西，向西是追落日，你碰破了腦袋都追不著，今晚是向東，向東是迎朝日，只要你認定方向，伸著手膀迎上去，遲早一輪旭紅的朝日會得湧入你的懷中的。這一有希望，心頭就痛快，暫時的小悱惻也就上口有味。半酸不甜的。生滋滋的像是啃大鮮果，有味！

娘那裏真得替我磕腦袋道歉，我不但存心去恭恭敬敬的辭行，我還預備了一番話要對她說哪，誰知道下午六神無主的把她忘了，難怪令尊大人相信我是荒唐，這還不夠荒唐嗎？你替我告罪去，我真不應該，你有什麼神通，小曼，可以替我「包荒」？

天津已經過了，（以上是昨晚寫的，寫至此，倦不可支，閉目就睡，睡醒便坐著發呆的想，再隔一兩點鐘就過奉天了。）韓所長現在車上，真巧，這一路有他同行，不怕了，方才我想打電話，我的確打了，你沒有接著嗎？往窗外望，左邊黃澄澄的土直到天邊，右邊黃澄澄的地直到天邊；這半天，天色也不清明，叫人看著生悶。方才遙望錦州城那座塔，有些像西湖上那座雷峰，像那倒坍了的雷峰，這又增添了我無限的惆悵。但我這獨自的吁嗟，有誰聽著來？

你今天上我的屋子裏去過沒有？希望沈先生已經把我的東西收拾起來，一切零星小件可以塞在那兩個手提箱裏，沒有鑰匙，貼上張封條也好，存在社裏樓上我想夠妥當了。還有我的書頂好也想法子點一點。你知道我怎樣的愛書，我最恨叫人隨便拖散，除了一兩個我准許隨便拿的（你自己一個）之外，一概不許借出，這你得告訴沈先生。至少得過一個多月才能盼望看你的信，這還不是刑罰！你快寫了寄吧，別忘Via Siberia⑥，要不是一信就得走兩個月。

志摩　星二奉天

一九二五年三月十二日自哈爾濱

叫我寫什麼呢？咳！今天一早到哈，上半天忙著換錢，一個人坐著吃過兩塊糖，口裏怪膩煩的，心裏不很好過。國境不曾出，已經是舉目無親的了，再下去益發淒慘，趕快寫信吧，乾悶著也不是道理。但是寫什麼呢？寫感情是寫不完的，還是寫事情的好。

日記大綱：

星一　松樹胡同七號分贓，車站送行百子響，小曼掩耳朵。

星二　睡至十二時正，飯車裏碰見老韓，夜十二時到奉天，住日本旅館。

星三　早上大雪繽紛，獨坐洋車進城閒逛，三時與韓同行去長春。車上賭紙牌，輸錢，頭痛。看兩邊雪景，一輪日。夜十時換俄國車吃美味檸檬茶。睡著小涼，出涕。

星四 早到哈，韓侍從甚盛。去懋業銀行，與猶太鬼換錢買糖，吃飯，寫信。韓事未了，須遲一星期。我先走，今晚獨去滿洲里，後日即入西伯利亞了。這次是命定不得同伴，也好，可以省唾液，少談天，多想，多寫，多讀。真倦，才在沙發上入夢，白天又沉西，距車行還有六個鐘頭，叫我幹什麼去？

說話一不通，原來機靈人，也變成了木鬆鬆。我本來就機靈，這來去俄國真像呆徒了。今早撞進一家糖果鋪去，一位賣糖的姑娘黃頭髮白圍裙，來得標緻；我曉風裏進來，本有些凍嘴，見了她爽性楞住了，楞了半天，不得要領，她都笑了。

不長鬍子真吃虧，問我哪兒來的，我說北京大學，誰都拿我當學生看。今天早上在一家錢鋪子裏一群猶太人，圍著我問話，當然只當我是個小孩，後來一見我護照上填著「大學教授」，他們一齊吃驚，改容相待，你說不有趣嗎？我愛這兒尖屁股的小馬車，頂好要一個戴大皮帽的大俄鬼子趕，這滿街亂跳，什麼時候都可以翻車，看了真有意思，坐著更好玩。中午我闖進一家俄國飯店去，一大群塗脂抹粉的俄國女人全抬起頭看我，嚇得我直往外退出門逃走了。我從來不看女人的鞋帽，今天居然看了半天，有一頂紅的真俏皮。尋書鋪，不得。我只好寄一本糖書去，糖可真壞，留著那本書吧。這信遲四天可以到京，此後就遠了，好好的自己保重吧，小曼，我的心神搖搖的彷彿不曾離京，今晚可以見你們似的，再會吧！

摩 三月十二日

一九二五年三月十四日

小曼：

昨夜過滿洲里，有馮定一招呼，他也認識你的。難關總算過了，但一路來還是小心翼翼的只怕「紅先生」們打進門來麻煩，多謝天，到現在爲止，一切平安順利。今天下午三時到赤塔，也有朋友來招呼，這國際通車真不壞，我運氣格外好，獨自一間大屋子，舒服極了。我閉著眼想，假如我有一天與「她」度蜜月，就這西伯利亞也不壞；天冷算什麼？心窩裏熱就夠了！路上飲食可有些麻煩，昨夜到今天下午簡直沒東西吃，我這茶桶沒有茶灌頂難過，昨夜真餓，翻箱子也翻不出吃的來，就只陳博生送我的那罐福建肉鬆伺候著我，但那乾束束的，也沒法子吃。想起倒有些怨你青果也不曾給我買幾個；上床睡時沒得睡衣換，又得怨你那幾天你出了神，一點也不中用了。但是我決不怪你，你知道，我隨便這麼說就是了。

同車有一個義大利人極有趣，很談得上。他的鬍子比你頭髮多得多，他吃煙的時候我老怕他著火，德國人有好幾個，蠢的多，中國人有兩個（學生），不相干。英美法人一個都沒有。再過六天，就到莫斯科，我還想到彼得堡去玩哪！這回真可惜了，早知道西伯利亞這樣容易走，我理清一個提包，把小曼裝在裏面帶走不好嗎？不說笑話，我走了以後你這幾天的生活怎樣的過法？我時刻都惦記著你，你趕快寫信寄英國吧，要是我人到英國沒有你的信，那我可真要怨了。你幾時搬回家去，既然決定搬，早搬爲是，房子收拾整齊些，好定心讀書做事。這幾天身體怎樣？散拿吐瑾一定得不間斷的吃，記著我的話！心跳還來否？什麼細小事情都願意你告訴我。能定心的寫幾篇小說，不管好壞，我一定有獎，你見著的是哪幾個人，戲看否？早上什麼時候起來，都得告訴我。我想給晨報寫通信，老是提心不起，火車裏寫東西真不容易，家信也懶得寫，可否懇你的情，常常爲我轉告我的客中情形，寫信寄浙江硤石徐申如⑦先生。說起我臨行忘了一本金冬心⑧梅花冊，他的梅花真美，不信我畫幾朵你看。

摩　三月十四日

一九二五年三月十八日自西伯利亞途中

小曼：

好幾天沒信寄你，但我這幾天真是想家的厲害。每晚（白天也是的）一閉上眼就回北京，什麼奇怪的花樣都會在夢裏變出來。曼，這西伯利亞的充軍，真有些兒苦，我又暈車，看書不舒服，寫東西更煩，車上空氣又壞，東西也難吃，這真是何苦來。同車的人不是帶著家眷便是回家去的，他們在車上多過一天便離家近一天，就只我這傻瓜甘心拋去暖和熱鬧的北京，到這荒涼境界裏來叫苦！

再隔一個星期到柏林，又得對付她⑨了；我口雖硬，心頭可是不免發膩。小曼，你懂得不是？

這一來柏林又變了一個無趣味的難關，所以總要到義大利等著老頭⑩以後，我才能鼓起遊興來玩；但這單身的玩，興趣終是有限的，我要是一年前出來，我的心理就不同，那時倒是破釜沉舟的決絕，不比這一次身心兩處，夢魂都不得安穩。

但是曼，你們放心，我決不頹喪，更不追悔，這次歐遊的教育是不可少的，稍微吃點子苦算什麼，那還不是應該的。你知道我並沒有多麼不可動搖的大天才，我這兩年的文字生活差不多是逼出來的，要不是私下裏吃苦，命途上顛仆，誰知道我靈魂裏有沒有音樂？安樂是害人的，像我最近在北京的生活是不可以爲常的，假如我新月社的生活繼續下去，要不了兩年，徐志摩不墮落也墮落了，我的筆尖上再也沒有光芒，我的心上再沒有新鮮的跳動，那我就完了——「泯然眾人類」！到那時候我一定自慚形穢，再也不敢謬托誰的知己，竟許在政治場中鬼混，塗上滿面的窯煤——咳，那才叫做出醜哩！要知道墮落也得有天才，許多人連墮落都不夠資格。我自信我夠，所以更危險。因此我力自振拔，這回出來清一清頭腦，補足了我的教育再說——愛我的，期望我成才的，都好像是我的恩主，又像債主，我真的又感激又怕他們！小曼，你也得盡你的力量幫助我望清明的天空上騰，謹防我一滑足陷入泥深潭，從此不得救度。小曼，你知道我絕對不慕榮華，不羨名利，——我只求對得起我自己。

將來我回國後的生活，的確是問題，照我自己理想，簡直想丟開北京，你不知道我多麼愛山林的清靜。前年我在家鄉山中，去年在廬山時，我的性靈是天天新鮮天天活動的。創作是一種無上的快樂，何況這自然而然像山溪似的流著——我只要一天出產一首短詩，我就滿意。所以我想望歐洲回去後到西湖山裏（離家近些）去住幾時。但須有一個條件，至少得有一個人陪著我；在山林清幽處與一如意友人共處——是我理想的幸福，也是培養，保全一個詩人性靈的必要生活，你說是否，小曼？

朋友像子美他們，固然他們也很愛我器重我，但他們卻不瞭解我——他們期望我做一點事業，譬如要我辦報等等，但他們哪能知道我靈魂的想望？我真的志願，他們永遠端詳不到的。男朋友裏真期望我的，怕只有張彭春一個，女友裏叔華是我一個同志，但我現在只想望「她」能做我的伴侶，給我安慰，給我快樂，除了「她」這茫茫大地上叫我更問誰要去？

這類話暫且不提，我來講些車上的情形給你聽聽。——我上一封信上不是說在這國際車上我獨佔一大間臥室舒服極了不是？好，樂極生悲，昨晚就來了報應！昨夜到一個大站，那地名不知有多長，我怎樣也念不上來。未到以前就有人來警告我說前站有兩個客人上前，你的獨佔得滿期了。我就起了恐慌，去問那和善的老車役，他張著口對我笑笑說：「不錯，有兩個客人要到你房裏，而且是兩位老太太！」（此地是男女同房的，不管是誰！）我說你不要開玩笑，他說：「那你看著，要是老太太還算是你的幸氣，在這樣荒涼的地方，哪裡有好客人來。」過了一程，車到了站。我下去散步回來，果然，房間裏有了新來的行李，一隻帆布提箱，兩大鋪蓋，一隻篋籃裝食物的，我看這情形不對，就問間壁房裏人來了些什麼客人，間壁住了一位肥美的德國太太，回答我「來人不是好對付的，先生這回怕要受苦了！」不像是好對付的，唉，來了，兩位，一矮，一高，矮的青臉，高的黑臉，青的穿黑，黑的穿青，一個像老母鴨，一個像貓頭鷹，衣襟上都帶著列寧小照的御章，分明是紅黨裏的將軍！

我馬上陪笑臉，湊上去說話，不成，高的那位只會三句英語，青臉的那位一字不提，說了半天，不得要領。再過一歇，他們在飯廳裏，我回房，老車役進來鋪床，他就笑著問我，「那兩位老太太好不好？」我恨恨的說：「別打趣了，我真著急，不知來人是什麼路道？」正說時，他掀起一個墊子，露出兩柄明晃晃上足子彈的手槍，他就拿在手裏，一頭笑著說：「你看，他們就是這個路道！」

今天早上醒來，恭喜我的頭還是好好的在我的脖子上安著。小曼，你要看了他們兩位好漢的尊容，準嚇得你心跳，渾身抖擻！

俄國的東西貴死了，可恨！車裏飯壞的不成話，貴的更不成話，一杯可可五毛錢像泥水，還得看侍者大爺們的嘴臉！地方是真冷，決不是人住的！一路風景可真美，我想專寫一封《晨報》通信，講西伯利亞。

小曼，現在我這裏下午六時，北京約在八時半，你許正在吃飯，同誰？講些什麼？爲什麼我聽不見？咳！我恨不得——不寫了。一心只想到狄更生那裏看信去！

志摩　三月十八日Omsk西

一九二五年三月二十六日自柏林

小曼：

柏林第一晚。一時半。方才送C女士⑪回去，可憐不幸的母親，三歲的小孩子只剩了一撮冷灰，一周前死的。她今天掛著兩行眼淚等我，好不淒慘；只要早一周到，還可見著可愛的小臉兒，一面也不得見，這是哪裡說起？他人緣倒有，前天有八十人送他的殯，說也奇怪，凡是見過他的，不論是中國人德國人，都愛極了他，他死了街坊都出眼淚，沒一個不說的不曾見過那樣聰明可愛的孩子。曼，你也沒福，否則你也一定樂意看見這樣一個孩兒的——他的相片明後天寄去，你為我珍藏著吧。真可憐，為他病也不知有幾十晚不曾闔眼，瘦得什麼似的，她到這時還不能相信，昏昏的只似在夢中過活。小孩兒的保姆比她悲傷更切。她是一個四十左右的老姑娘，先前愛上了一個人，不得回音，足足的癡等這六七年，好容易得著了寶貝，容受他母性的愛；她整天的在他身上用心盡力，每晚每早為他禱告，如今兩手空空的，兩眼汪汪的，連禱告都無從開口，因為上帝待她太慘酷了。我今天趕來哭他，半是傷心，半是慘目，也算是天罰我了。

咳！家裏有電報去，堂上知道了更不知怎樣的悲慘，急切又沒有相當人去安慰他們，真是可憐！曼！你為我寫封信去吧，好麼？聽說泰戈爾也在南方病著，我趕快得去，回頭老人又有什麼長短，我這回到歐洲來，豈不是老小兩空！而且我深怕這兆頭不好呢。

C可是一個有志氣有膽量的女子，她這兩年來進步不少，獨立的步子已經站得穩，思想確有通道，這是朋友的好處，老K的力量最大，不亞於我自己的。她現在真是「什麼都不怕」，將來準備丟幾個炸彈，驚驚中國鼠膽的社會，你們看著吧！

柏林還是舊柏林，但貴賤差得太遠了，先前花四毛現在得花六元八元，你信不信？

小曼，對你不起，收到這樣一封悲慘乏味的信，但是我知道你一定生氣我補這句話，因爲你是最柔情不過的，我掉眼淚的地方你也免不了掉，我悶氣的時候你也不免悶氣，是不是？

今晚與C看茶花女的樂劇解悶，悶卻並不解。明兒有好戲看，那是蕭伯納的Joan Darc（《聖女貞德》），柏林的咖啡（叫Macoa）真好，Peach Melba[12]也不壞，就是太貴。

今年江南的春梅都看不到，你多多寄些給我才是！

志摩　三月廿六日

一九二五年四月十日

小曼：

我一個人在倫敦瞎逛，現在在「采花樓」一個人喝烏龍茶等吃飯。再隔一點鐘，去看John Barrymore的Hamlet[13]。這次到英國來就爲看戲。你要一時不得我的信，我怕你有些著急，我也不知怎的總是懶得動筆，雖則我沒有一天不想把那天的經驗整個兒告訴你。說也奇怪，我還是每晚做夢回北京，十次裏有九次見著你，每次的情形，總令人難過。真的。像C他們說我只到歐洲來了一雙腿，「心」不用說，還說腸胃都不會帶來，因爲我胃口不好！你們那裏有誰做夢會見我的魂沒有？我也願意知道。我到現在還不曾接到中國來的半個字；狄更生不在康橋，他那裡不知有我的信沒有，單怕掉了，我真著急。我想別人也許沒有信，小曼你總該有，可是到哪一天才能得到你的信我自己都不知道！我這次來一路上墳送葬，惘惘極了，我有一天想立刻買票到印度去還了願心完事；又想立刻回頭趕回中國，也許有機會與你一同到小林深處過夏去，強如在歐洲做流氓。其實到今天爲止我也是沒有想定要流到哪裡去，感情是我的指南，衝動是我的風！

這是今日不知明日事的辦法。印度我總得去，老頭在不在我都得去，這比菩薩面前許下的願心還要緊。照我現在的主意是至遲六月初動身到印度，八九月間可回國，那就快樂了不是？

我前晚到倫敦的，這裏大半朋友全不在，春假旅行去了。只見著那美術家Roger Fry⑭翻譯中國詩的Arthur Waley⑮。昨晚我住在他那裏，今晚又得做流氓了。今天看完了戲，明早就回巴黎，張女士等著要跟我上義大利玩去。我們打算先玩威尼斯，再去佛洛倫斯與羅馬，她只有兩星期就得回柏林去上學，我一個人還得往南；想到Sicily⑯去洗澡，再回頭來。我這一時一點心的平安都沒有，煩極了，「先生」那裏信也一封沒有著筆，詩半行也沒有——如其有什麼可提的成績，也許就只晚上的夢，那倒不少，並且多的是花樣，要是有法子理下來時，早已成書了。

這回旅行太糟了，本來的打算多如意多美，泰戈爾一跑，我就沒了落兒，我倒不怨他，我怨的是他的書記那恩厚之小鬼，一面催我出來，一面讓老頭回去，也不給我個消息，害我白跑一趟。同時他倒舒服，你知道他本來是個不名一文的光棍，現在可大抖了，他做了Mrs. Willard[17]的老爺，她是全世界最富女人的一個，在美國頂有名的。這小鬼不是平地一聲雷，腦袋上都裝了金了嗎？我有電報給他，已經四天了，也不得回電，想是在蜜月裏蜜昏了，哪曉得我在這兒空宕。

小曼你近來怎樣？身體怎樣？你的心跳病我最怕，你知道你每日一發病，我的心好像也掉了下去似的。近來發不發？我盼望不再來了。你的心緒怎樣？這話其實不必問，不問我也猜著。真是要命，這距離不是假的，一封信來回，至少得四十天，我問話也沒有用，還不如到夢裏去問吧！說起現在無線電的應用真是可驚，我在倫敦可以聽到北京飯店禮拜天下午的音樂或是三藩市市政所裏的演說，你說奇不奇？現在德國差不多每家都裝了聽音機，就是有限制（每天報什麼時候聽什麼）並且自己不能發電，將來我想無線電話有了普遍的設備，距離與空間就不成問題了。比如我在倫敦，就可以要北京電話，與你直接談天，你說多Wonderful！

在曼殊斐爾墳前寫的那張信片到了沒有？我想另做一首詩。

但是你可知道她的丈夫已經再娶了，也是一個有錢的女人。那雖則沒有什麼，曼殊斐爾也不會見怪，但我總覺得有些尷尬，我的東道都輸了。你那篇something Childish[18]改好沒有？近來做些什麼事？英國寒傖的很，沒有東西寄給你，到了義大利再寄好玩兒的給你，你乖乖的等著吧！

摩　四月十日倫敦

一九二五年五月二十六日

小曼：

適之的回電來後，又是四五天了，我早晚憂巴巴的只是盼著信，偏偏信影子都不見，難道你從四月十三寫信以後，就沒有力量提筆？適之的信是二十三，正是你進協和的第二天，他說等「明天」醫生報告病情，再給我寫信，只要他或你自己上月寄出信，此時也該到了，真悶煞人！回電當然是個安慰，否則我這幾天哪有安靜日子過？電文只說「一切平安」，至少你沒有危險了是可以斷定的，但你的病情究竟怎樣？進院後醫治見效否？此時已否出院？已能照常行動否？我都急切要知道，但急偏不得知道，這多彆扭！

小曼，這回苦了你，我想你病中一定格外的想念我，你哭了沒有？我想一定有的，因爲我在這裏只要上床一時睡不著，就叫曼，曼不答應我，就有些心酸，何況你在病中呢？早知你有這場病，我就不應離京，我老是怕你病倒，但是總希望你可以逃過，誰知你還是一樣吃苦，爲什麼你不等著我在你身邊的時候生病？

這話問的沒理我知道，我也不定會得侍候病人，但是我真想倘如有機會伴著你養病，就是樂趣。你枕頭歪了，我可以替你理正，你要水喝，我可以拿給你，你不厭煩我念書給你聽，你睡著了我輕輕的掩上了門，有人送花來我給你裝進瓶子去；現在我沒福享受這種想像中的逸趣，將來或許我病倒了，你來伴我也是一樣的。你此番病中有誰侍候著你？娘總常常在你身邊，但她也得管家，朋友中適之大約總常來的，歆海也不會缺席的，慰慈不在，夢綠來否？翊唐呢？叔華兩月來沒有信，不知何故，她來看你否？你病中感念一定很多，但不寫下來也就忘了。

近來不說功課，不說日記，連信都沒有，可見你病得真乏了。你最後倚病勉強寫的那兩封信，字跡潦草，看出你腕勁一些也沒有，真可憐，曼呀，我那時真著急，簡直怕你死，你可不能死，你答應爲我活著。你現在又多了一個仇敵——病，那也得你用意志力來奮鬥的，你究竟年輕，你的傷損容易養得過來的，千萬不要過於傷感。病中面色是總不好看的，那也沒法，你就少照鏡子，等精神回來的時候，再自己看自己也不遲。你現在雖則瘦，還是可以回復你的豐腴的，只要你生活根本的改樣。我月初連著寄的長信，應該連續的到了，但你的回信不知要到什麼時候才來？想著真急。適之說：娘疑心我的信激成你的病的，所以常在那裏查問我；我寄中街的信不會丟不會漏麼？我一時急，所以才得適之電，請他告你，特別關照，盼望寄你的信只有你看見再沒有第二人看，不是看不得，是不願意叫人家隨便講閒話是真的。但你這回可真得堅決了，我上封信要你跟適之來歐，你仔細想過沒有？這是你一生的一個大關鍵。俗語說的快刀斬亂絲，再痛快不過的。我不願意你再有躊躇，上帝幫助能自助的人，只要你站起來就有人在你前面領路。適之真是「解人」，要不是他，豈不是我你在兩地著急，叫天天不應的多苦；現在有他做你的紅娘，你也夠榮耀，放心燒你的夜香吧！我真盼望你們師生倆一同到歐洲來，我一定請你們喝香檳接風，有好消息時，最好來電Amexes

Firenze就可以到。慰慈尙在瑞士，月初或到斐倫翠來，我們許同遊歐洲再報告你。盼望你早已健全，我永遠在你的身邊，我的曼！

適之替我問候不另。

摩　五月二十六日

一九二五年六月二十五日自巴黎

我唯一的愛龍，你真得救我了！我這幾天的日子也不知怎樣過的，一半是癡子，一半是瘋子，整天昏昏的，惘惘的，只想著我愛你，你知道嗎？早上夢醒來，套上眼鏡，衣服也不換就到樓下去看信——照例是失望，那就好比幾百斤的石子壓上了心去，一陣子悲痛，趕快回頭躲進了被窩，抱住了枕頭叫著我愛的名字，心頭火熱的渾身冰冷的，眼淚就冒了出來，這一天的希冀又沒了。說不出的難受，恨不得睡著從此不醒，做夢倒可以自由些。龍呀，你好嗎？爲什麼我這心驚肉跳的一息也忘不了你，總覺得有什麼事不曾做妥當或是你那裏有什麼事似的。龍呀，我想死你了，你再不救我，誰來救我？爲什麼你信寄得這樣稀？筆這樣懶？我知道你在家忙不過來，家裏人煩著你，朋友們煩著你，等得清靜的時候你自己也倦了；但是你要知道你那裏日子過得容易，我這孤鬼在這裏，把一個心懸在那裏收不回來，平均一個月盼不到一封信，你說能不能怪我抱怨？龍呀，時候到了，這是我們，你與我，自己顧全自己的時候，再沒有功夫去敷衍人了。現在時候到了，你我應當再也不怕得罪人——哼，別說得罪人，到必要時天地都得搗爛他哪！

龍呀，你好嗎？爲什麼我心裏老是這怔怔的？我想你親自給我一個電報，也不曾想著——我倒知道你又做了好幾身時式的裙子！你不能忘我，愛，你忘了我，我的天地都昏黑了，你一定罵我不該這樣說話，我也知道，但你得原諒我，因爲我其實是急慌了。（**昨晚寫的墨水乾了所以停的。**）

Z走後我簡直是「行屍走肉」，有時到賽因河邊去看水，有時到清涼的墓園裏默想。這裏的中國人，除了老K都不是我的朋友，偏偏老K整天做工，夜裏又得早睡，因此也不易見著他。昨晚去聽了一個Opera叫Tristan et Isolde⑲。音樂，唱都好，我聽著渾身只發冷勁，第三幕Tristan快死的時候，Iso從海灣裏轉出來拚了命來找她的情人，穿一身淺藍帶長袖的羅衫——我只當是我自己的小龍，趕著我不曾脫氣的時候，來摟抱我的軀殼與靈魂——那一陣子寒冰刺骨似的冷，我真的變了戲裏的Tristan了！

那本戲是最出名的「情死」劇（Love-Death），Tristan與Isolde因爲不能在這世界上實現愛，他們就死，到死裏去實現更絕對的愛，偉大極了，猖狂極了，真是「驚天動地」的概念，「驚心動魄」的音樂。龍，下回你來，我一定伴你專看這戲，現在先寄給你本子，不長，你可以先看一遍。你看懂這戲的意義，你就懂得戀愛最高，最超脫，最神聖的境界；幾時我再與你細談。

龍兒，你究竟認真看了我的信沒有？爲什麼回信還不來？你要是懂得我，信我，那你決不能再讓你自己多過一半天糊塗的日子；我並不敢逼迫你做這樣，做那樣，但如果你我間的戀情是真的，那它一定有力量，有力量打破一切的阻礙，即使得渡過死的海，你我的靈魂也得結合在一起——愛給我們勇，能勇就是成功，要大拋棄才有大收成，大犧牲的決心是進愛境唯一的通道。我們有時候不能因循，不能躲懶，不能姑息，不能縱容「婦人之仁」。現在時候到了，龍呀，我如果往虎穴裏走（為你），你能不跟著來嗎？

我心思雜亂極了，筆頭上也說不清，反正你懂就好了，話本來是多餘的。

你決定的日子就是我們理想成功的日子——我等著你的信號，你給W看了我給你的信沒有？我想從後爲是，尤是這最後的幾封信，我們當然不能少他的幫忙，但也得謹慎，他們的態度你何不講給我聽聽。

照我的預算在三個月內（至多）你應該與我一起在巴黎！

你的心他　六月廿五日

一九二五年六月二十六日自巴黎

居然被我急出了你的一封信來，我最甜的龍兒！再要不來，我的心跳病也快成功了！讓我先來數一數你的信：（1）四月十九，你發病那天一張附著隨後來的；（2）五月五號（郵章）；（3）五月十九至二十一（今天才到，你又忘了西伯利亞）⑳；（4）五月二十五英文的。

我發的信只恨我沒有計數，論封數比你來的多好幾倍。在斐倫翠四月上半月至少有十封多是寄中街的；以後，適之來信以後，就由他郵局住址轉信，到如今全是的。到巴黎後，至少已寄五六封，盼望都按期寄到。

昨天才寄信的，但今天一看了你的來信，胸中又湧起了一海的思感，一時哪說得清。第一，我怨我上幾封信不該怨你少寫信，說的話難免有些怨氣，我知道你不會怪我的。但我一想起我的曼已是滿身的病，滿心的病，我這不盡責的□□□，溜在海外，不分你的病，不分你的痛，倒反來怨你筆懶。——咳，我這一想起你，我唯一的寶貝，我滿身的骨肉就全化成了水一般的柔情，向著你那裏流去。我真恨不得剖開我的胸膛，把我愛放在我心頭熱血最暖處窩著，再不讓你遭受些微風霜的侵暴，再不讓你受些微塵埃的沾染。曼呀，我抱著你，親著你，你覺得嗎？

我在斐倫翠知道你病，我急得什麼似的，幸虧適之來了回電，才稍爲放心了些。但你的病情的底細，直到今天看了你五月十九至二十一日的信才知道清楚。真苦了你，我的乖！真苦了你。但是你放心，我這次雖然不曾盡我的心，因爲不在你的身旁，眼看那特權叫旁人享受了去；但是你放心，我愛！我將來有法子補我缺憾。你與我生命合成了一體以後，日子還長著哩，你可以相信我一定充分酬報你的。不得你信我急，看你信又不由我不心痛。可憐你心跳著，手抖著，眼淚咽著，還得給我寫信；哪一個字裏，哪一句裏，我不看出我曼曼的影子。你的愛，隔著萬里路的靈犀一點，簡直是我的命水，全世界所有的寶貝買不到這一點子不朽的精誠。——我今天要是死了，我是要把你愛我的愛帶了墳裏去，做鬼也以自傲了！你用不著再來叮囑，我信你完全的愛，我信你比如我信我的父母，信我自己，信天上的太陽；豈止，你早已成我靈魂的一部，我的影子裏有你的影子，我的聲音裏有你的聲音，我的心裏有你的心；魚不能沒有水，人不能沒有氧氣；我不能沒有你的愛。

曼，你連著要我回去。你知道我不在你的身旁，我簡直是如坐針氈，哪有什麼樂趣？你知道我一天要咬幾回牙，頓幾回腳，恨不踹破了地皮，滾入了你的交抱；但我還不走，有我躊躇的理由。

曼，我上幾封信已經說得很親切，現在不妨再說個明白。你來信最使我難受的是你多少不免絕望的口氣。你身在那鬼世界的中心，也難怪你偶爾的氣餒。我也不妨告訴你，這時候我想起你還是與他同住，同床共枕，我這心痛，心血都迸了出來似的！

曼，這在無形中是一把殺我的刀，你忍心嗎？你說老太太的「面子」。咳！老太太的面子——我不知道要殺滅多少性靈，流多少的人血，爲要保全她的面子！不，不；我不能再忍。曼，你得替我——你的愛，與你自己，我的愛，——想一想哪！不，不；這是什麼時代，我們再不能讓社會拿我們血肉去祭迷信！Oh! Come, Love! Assert your passion, let our love conquer; we can't suffer any longer such degradation and humiliation[21]退步讓步，也得有個止境；來！我的愛，我們手裏有刀，斬斷了這把亂絲才說話。——要不然，我們怎對得起給我們靈魂的上帝！是的，曼，我已經決定了，跳入油鍋，上火焰山，我也得把我愛你潔淨的靈魂與潔淨的身子拉出來。我不敢說，我有力量救你，救你就是救我自己，力量是在愛裏；再不容遲疑，愛，動手吧！

我在這幾天內決定我的行期，我本想等你來電後再走，現在看事情急不及待，我許就來了。但同時我們得謹慎，萬分的謹慎，我們再不能替鬼臉的社會造笑話，有勇還得有智，我的計畫已經有了。

一九二六年二月六日自天津

眉眉：

接續報告，車又誤點，二時半近三時才到老站。苦了王麻子直等了兩個鐘頭，下車即運行李上船。艙間沒你的床位大，得擠四個人，氣味當然不佳。這三天想不得舒服，但亦無法。船明早十時開，今晚未有住處。文伯家有客住滿，在君不在家，家中僅其夫人，不便投宿。也許住南開，稍遠些就是，也許去國民飯店，好好的洗一個澡，睡一覺，明天上路。那還可以打電話給你。盼望你在家；不在，罵你。

奇士林㉒吃飯，買了一大盒好吃糖，就叫他們寄了，想至遲明晚可到。現在在南開中學張伯苓處，問他要紙筆寫信，他問寫給誰，我說不相干的，仲述㉓在旁解釋一句：「頂相干的。」方才看見電話機，就想打，但有些不好意思。回頭說吧，如住客棧一定打。這半天不見，你覺得怎樣？好像今晚還是照樣見你似的。眉眉，好好養息吧！我要你聽一句話。你愛我，就該聽話。晚上早睡，早上至遲十時得起身。好在擾亂的摩走了，你要早睡還不容易？初起一兩夜許覺不便，但扭了過來就順了。還有更要緊的一句話，你得照做。每天太陽好到公園去，叫Lilia伴你，至少至少每兩天一次！

記住太陽光是健康唯一的來源，比什麼藥都好。

我愈想愈覺得生活有改樣的必要。這一時還是糊塗，非努力想法改革不可。眉眉你一定得聽我話；你不聽，我不樂！

今晚范靜生先生請正昌吃飯，晚上有余叔岩，我可不看了，文伯的新車子漂亮極了，在北方我所見的頂有taste的一輛：內外都是暗藍色，裏面是頂厚的藍絨，窗靠是真柚木，你一定歡喜。只可惜摩不是銀行家，眉眉沒有福享。但眉眉也有別人享不到的福氣對不對？也許是摩的臭美？

眉我臨行不曾給你去看，你可以問Lilia、老金，要書七號㉔拿去。且看你，你連Maugham的「Rain」㉕都沒有看哪。

你日記寫不寫？盼望你寫，算是你給我的禮，不厭其詳，隨時塗什麼都好。我寫了一忽兒，就得去吃飯。此信明日下午四五時可到，那時我已經在大海中了。告訴叔華他們準備燈節熱鬧。別等到臨時。眉眉，給你一把頂香頂醉人的梅花。

你的親摩　二月六日下午二時

一九二六年二月七日自煙臺途中

眉眉：

上船了，擠得不堪，站的地方都沒有，別說坐，這時候寫字也得拿紙貼著板壁寫，真要命！票價臨時飛漲，上了船，還得敲了十二塊錢的竹槓去。上邊大菜間也早滿了，這回買到票，還算是運氣，比我早買的都沒有買到。

文伯昨晚伴我談天，談他這幾年的經過。這人真有心計，真厲害，我們朋友中誰都比不上他。我也對他講些我的事，他懂我很深，別看這麻臉。到塘沽了，吃過飯，睡過覺，講些細情給你聽了。同房有兩位（一個訂位沒有來）；一是清華學生，新從美國回的；一是姓楊，躺著盡抽大煙，一天抽「兩把膏子」的一個鴉片老生。徐志摩大名可不小，他一請教大名，連說：「真是三生有幸。」我的床位靠窗，圓圓的一塊，望得見外面風景；但沒法坐，只能躺，看看書，冥想想而已。寫字苦極了，這貼著壁寫，手酸不堪。吃飯像是餵馬，一長條的算是桌子，活像你們家的馬槽，用具的齷齪就不用提了；飯菜除了白菜，絕對放不下筷去，飯米倒還好，白淨得很。昨天吃奇斯林、正昌，今天這樣吃法，分別可不小！這其實真不能算苦。我看看海，心胸就寬。何況心頭永遠有眉眉我愛蜜甜的影子，什麼苦我吃不下去？別說這小不方便！

船家多寧波佬，妙極了。

得寄信了，不寫了，到煙臺再寫。

爹爹娘請安。

你的摩摩　二月七日

一九二六年二月十七日自上海

眉愛：

我又在上海了。本與適之約定，今天他由杭州來同車。誰知他又失約，料想是有事絆住了，走不脫，我也懂得。只是我一人淒淒涼涼的在棧房裏悶著。遙想我眉此時亦在懷念遠人，怎不悵觸！南方天時真壞，雪後又雨，屋內又無爐火。我是隻不慣冷的貓，這一時只凍得手足常冰。見報北京得雪，我們那快雪同志會，我不在想也鼓不起興來。戶外雪重，室內衾寒，眉眉我的，你不想念摩摩否？

昨天整天只寄了封沒字梅花信給你，你愛不愛那碧玉香囊？寄到時，想多少還有餘甘。前晚在杭州，正當雪天奇冷，旅館屋內又不生火。下午風雪猛厲，只得困守。晚飯喝了幾杯酒，暖是暖些，情景卻是百無聊賴，真悶得凶。遊靈峰時坐轎，腳凍如冰，手指也直了。下午與適之去肺病院看郁達夫，不見。我一個人去買了點東西，坐車回硤。過年初四，你的第二封信等著我。爸說有信在窗上我好不歡喜。但在此等候張女士㉖，偏偏她又不來，已發兩電，亦未得覆。咳！「這日子叫我如何過？」我爸前天不舒服，發寒熱、咳嗽，今天還不曾全好。他與媽許後天來滬。新年大家多少有些興致，只我這孤零零心魂不定，眠食也失了常度，還說什麼快活？爸媽看我神情，也覺著關切。其實這也不是一天的事，除了張眼見我眉眉的妙顏，我的愁容就沒有開展的希望。眉你一定等急了，我怎不知道？但急也只能耐心等著。現在爸媽要（此處似有脫頁——編按）我。到京後自當與我親親好好的歡聚。就我自己說，還不想變一隻長小毛翅的小鳥，波的飛向最親愛的妝前？譚宜孫詩人那首燕兒歌㉗，愛，你念過沒有？你的脆弱的身體沒一刻不在我的念中。你來信說還好，我就放心些。照你上函，又像是不很爽快的樣子。愛愛，千萬保重要緊！爲你摩摩。適之明天回滬，我想與他同車走。爸媽一半天也去，再容通報。動身前有電報去，弗念。前到電諒收悉。要趕快車寄出，此時不多寫了。堂上大人安健，爲我叩叩。

汝摩　年初五

一九二六年二月十八日自上海

我等北京人㉘來談過，才許走；這事情又是少不了的關鍵。我怎敢迷拗呢？眉眉，你耐著些吧，別太心煩了。有好戲就伴爹娘去看看，聽聽鑼鼓響暫時總可忘憂。說實話，我也不要你老在火爐生得太熱的屋子裏窩著，這其實只有害處，少有好處；而況你的身體就要陽光與鮮空氣的滋補，那比什麼神仙藥都強。我只收了你兩回的信，你近來起居情形怎樣，我恨不立刻飛來擁著你，一起翻看你的日記。那我想你總是爲在遠方的摩摩不斷的記著。陸醫的藥你雖怕吃，娘大約是不肯放鬆你的。據適之說，他的補方倒是吃不壞的。我始終以爲你的病只要養得好就可以復元的；絕妙的養法是離開北京到山裏去嗅草香吸清鮮空氣；要不了三個月，保你變一隻小活老虎。你生性本來活潑，我也看出你愛好天然景色，只是你的習慣是城市與暖屋養成的；無怪缺乏了滋養的泉源，你這一時聽了摩摩的話否？早上能比先前早起些，晚上能比先前早睡些否？讀書寫東西，我一點也不期望你；我只想你在日記本上多留下一點你心上的感想。你信來常說有夢，夢有時怪有意思的；你何不閒著沒事，描了一些你的夢痕來給你摩摩把玩？

但是我知道我們都是太私心了，你來信只問我這樣那樣，我去信也只提眉短眉長，你那邊二老的起居我也常在念中。娘過年想必格外辛苦，不過勞否？爸爸呢，他近來怎樣，興致好些否？糖還有否？我深恐他們也是深深的關念我遠行人，我想起他們這幾月來待我的恩情，便不禁泫然欲涕！眉，你我真得知感些，像這樣慈愛無所不至的爹娘，真是難得又難得，我這來自己嘗著了味道，才明白娘真是了不得，了不得！到我們戀愛成功日，還不該對她磕一萬個響頭道謝嗎？我說：「戀愛成功」，這話不免有語病；因爲這好像說現在還不曾成功似的。但是親親的眉，要知道愛是做不盡的，每天可以登峰，明天還一樣可以造極，這不是縫衣，針線有造完工的一天。在事實上呢，當然俗話說的「洞房花燭夜」是一個分明的段落；但你我的愛，眉眉，我期望到海枯石爛日，依舊是與今天一樣的風光、鮮豔、熱烈。眉眉，我們真得爭一口氣，努力來爲愛做人；也好叫這樣疼惜我們的親人，到晚年落一個心歡的笑容！

我這裏事情總算是有結果的。成見的力量真是不小，但我總想憑至情至性的力量去打開他，哪怕他鐵山般的牢硬。今午與我媽談，極有進步，現在得等北京人到後，方有明白結束，暫時只得忍耐。老金與L想常在你那裏，爲我道候，恕不另，梅花香柬到否？

摩祝眉喜　年初六

一九二六年二月十九日自上海

眉眉我親親：

今天我無聊極了，上海這多的朋友，誰都不願見，獨自躲在棧房裏耐悶。下午幾個內地朋友拉住了打牌，直到此刻，已經更深，人也不舒服，老是這要嘔心的。心想著的眼看著的一個倩影慰我孤獨，此外都只是煩心事。唐有壬本已替我定好初十的日本船，十二就可到津，那多快！不是不到一星期就可重在眉眉的左右，同過元宵，是多麼一件快心事？但為北京來人杳無消息，我為親命又不能不等，只得把定票回了，真恨人！適之今天才來；方才到棧房裏來，兩眼紅紅的，不知是哭了還是少睡，也許兩樣全有！他為英國賠款委員㉙快到，急得又不能走。本說與我同行，這來怕又不成。其實他壓根兒就不熱心回京；不比我。我覺得不好受，想上床了，明兒再接寫吧！

一九二六年二月二十日自上海

眉眉：

你猜我替你買了些什麼衣料？就不說新娘穿的，至少也得定親之類用才合式才配，你看了準喜歡，只是小寶貝，你把摩摩的口袋都掏空了，怎麼好！

昨天沒有寄信，今天又到此時晚上才寫。我希望這次發信後，就可以決定行期，至多再寫一次上船就走。方才我們一家老小，爸媽小歡㉚都來了。老金有電報說幼儀二十以前動身，那至早後天可到，她一到我就可以走，所以我現在只眼巴巴的盼她來，這悶得死人，這樣的日子。今天我去與張君勱㉛談了一上半天連著吃飯。下午又在棧裏無聊，人來邀我看戲什麼都回絕。方才老高忽然進我房來，穿一身軍服，大皮帽子，好不神氣。他說南邊住了五個月，主人給了一百塊錢，在戰期內跑來跑去吃了不少的苦。心裏真想回去，又說不出口。他說老太太叫他有什麼寫信去，但又說不上什麼所以也沒寫。受㉜，又回無錫去了。新近才算把那買軍火上當的一場官司了結。還算好，沒有賠錢。差事名目換了，本來是顧問，現在改了諮議，薪水還是照舊三百。按老高的口氣，是算不得意的。他後天從無錫回來，我倒想去看他一次，你說好否？錢昌照我在火車裏碰著；他穿了一身衣服，修飾得像新郎官似的，依舊是那滿面笑容。我問起他最近的「計畫」，他說他決意再讀書；孫傳芳請他他不去，他決意再拜老師念老書。現在瞞了家裏在上海江灣租了一個花園，預備「閉戶三年」，不能算沒有志氣，這孩子！但我每回見他總覺得有些好笑，你覺不覺得？不知不覺盡說了旁人的事情。媽坐在我對面，似乎要與我說話的樣子。我得趕快把信寄出，動身前至少還有一兩次信。眉眉，你等著我吧，相見不遠了，不該歡慰嗎？

摩摩　年初八

一九二六年二月二十一日

眉愛：

今天該是你我歡喜的日子了，我的親親的眉眉！方才已經發電給適之，爸爸也寫了信給他。現在我把事情的大致講一講：我們的家產差不多已經算分了，我們與大伯一家一半。但爲家產都係營業，管理仍需統一。所謂分者即每年進出各歸各就是了，來源大都還是共同的。例如醬業、銀號、以及別種行業。然後在爸爸名下再作爲三份開：老輩（爸媽）自己留開一份，幼儀及歡兒立開一份，我們得一份：這是產業的暫時支配法。

第二是幼儀與歡兒問題。幼儀仍居乾女兒名，在未出嫁前擔負歡兒教養責任，如終身不嫁，歡的一分家產即歸她管；如嫁則僅能劃取一份奩資，歡及餘產仍歸徐家，爾時即與徐家完全脫離關係。嫁資成數多少，請她自定，這得等到上海時再說定。她不住我家，將來她亦自尋職業，或亦不在南方；但偶爾亦可往來，阿歡兩邊跑。

第三：離婚由張公權㉝設法公佈；你們方面亦請設法於最近期內登報聲明。

這幾條都是消極方面，但都是重要的，我認爲可以同意。只要幼儀同意即可算數。關於我們的婚事，爸爸說這時候其實太熱，總得等暑後才能去京。我說但我想夏天同你避暑去，不結婚不便。爸說，未婚妻還不一樣可以同行？我說但我們婚都沒有訂。爸說：「那你這回回去就定好了。」我說那也好，媒人請誰呢？他說當然適之是一個，幼偉來一個也好。我說那爸爸就寫個信給適之吧。

爸爸說好吧。訂婚手續他主張從簡，我說這回通伯、叔華是怎樣的，他說照辦好了。眉，所以你我的好事，到今天才算磨出了頭，我好不快活。今天與昨天心緒大大的不同了。我恨不得立刻回京向你求婚，你說多有趣。閒話少說，上面的情形你說給娘跟爸爸聽。我想辦法比較的很合理，他們應當可以滿意。

但今年夏天的行止怎樣呢？爸爸一定去廬山，我想先回京趕速訂婚，隨後拉了娘一同走京漢下去，也到廬山去住幾時。我十分感到暑天上山的必要，與你身體也有關係，你得好好運動娘及早預備！多快活，什麼理想都達到了！我還說北京頂好備一所房子，爸說北京危險，也許還有大遭災的一天。我說那不見得吧！我就說陶太太說起的那所房子，爸似乎有興趣，他說可以看看去。但這且從緩，好在不急：我們婚後即得回南，京寓佈置盡來得及也。我急想回京，但爸還想留住我，你趕快叫適之來電要我趕他動身前去津見面，那爸許放我早走。有事情，再談吧！

你的歡暢了的摩摩

一九二六年二月二十三日自上海

眉：

我在適之這裏。他新近照了一張相，荒謬！簡直是個小白臉兒哪！他有一張送你的，等我帶給你。我昨晚獨自在硤石過夜（爸媽都在上海）。十二時睡下去，醒過來以爲是天亮，冷得不堪，頭也凍，腳也凍，誰知正打三更。聽著窗外風聲響，再也不能睡熟，想爬起來給你寫信。其實冷不過，沒有鑽出被頭勇氣。但怎樣也睡不著，又想你，蜷著身子想夢，夢又不來。從三更聽到四更，從四更聽盡五更，才又閉了一回眼。早車又回上海來了。北京來人還是杳無消息。你處也沒信，真悶。棧房裏人多，連寫信都不便；所以我特地到適之這裏來，隨便寫一點給你。眉眉，有安慰給你，事情有些眉目了。昨晚與娘舅寄父談，成績很好。他們完全諒解，今天許有信給我爸，但願下去順手，你我就登天堂了，媽昨天笑著說我：「福氣太好了，做爺娘的是孝子孝到底的了。」但是眉眉，這回我真的過了不少爲難的時刻。也該的，「爲我們的戀愛」可不是？昨天隨口想謅幾行詩，開頭是：

我心頭平添了一塊肉，
這輩子算有了歸宿！
看白雲在天際飛。
聽雀兒在枝上啼。
忍不住感恩的熱淚，
我喊一聲天，我從此知足！
再不想望更高遠的天國！

眉眉，這怎好？我有你什麼都不要了。文章、事業、榮耀，我都不要了。詩、美術、哲學，我都想丟了。有你我什麼都有了。抱住你，就比抱住整個的宇宙，還有什麼缺陷，還有什麼想望的餘地？你說這是有志氣還是沒志氣？你我不知道，娘聽了，一定罵。別告訴她，要不然她許不要這沒出息的女婿了。你一定在盼著我回去，我也何嘗不時刻想往眉眉胸懷裏飛。但這情形真怕一時還走不了。怎好？爸爸與娘近來好嗎？我沒有直接去信，你得常常替我致意。他們待我真太好了，我自家爹娘，也不過如此。適之在下面叫了，我們要到高夢旦家吃飯去，明天再寫。

摩摩祝眉眉福　正月十一日

一九二六年二月二十四日自上海

小龍我愛：

真煩死人。至少還得一星期才能成行？明早有船到，滿望幼儀來，見過就算完事一宗，轉身就走。誰知她乘的是新豐船，十六日方能到此，她到後至少得費我兩三天才能了事。故預期本月二十前才能走，至少得十天後才能見你，怎不悶死了我？同時你那裏天天盼著我，又不來信，我獨自在此連信札的安慰都得不到，真太苦了！你也不算算，怎的年內寫了兩封就不再寫，就算寄不到，打往回，又有什麼要緊。你摩摩在這裏急。你知道不？明天我想給你一個電報，叫你立刻寫信或是來電，多少也給我點安慰。眉眉，這日子沒有你，比白過都不如。什麼我都不要，就要你。我幾次想丟了這裏。牟（此處似有脫漏—編注）妻運雖則不好，但我此後豔福是天生的，我的太太不僅絕美，而且絕慧，說得活現，竟像對準了我又美又慧的小眉娘說的。你說多怪！又說：就我有白頭到老，十分的美滿，沒有缺陷，也不會出亂子。我聽了，不能不謝謝金口！眉眉，真的，我媽說的對，她說我太享福了！眉，我有福消受你嗎？

近來《晨報》不知道怎樣，你看不看？江紹原盼望我有東西往回寄，但我如何有心思寫？不但現在，就算這回事情辦妥當了，回北京見了你，我哪還捨得一刻丟開你。能否提起心來寫文章與否，很是問題，這怎好？而且這來，無謂的捱了至少一星期十天工夫。回京時編輯教書的任務，又逼著來，想起真煩。我真恨不得一把拖了你往山裏一躲，什麼人事都不問，單只你我倆細細的消受蜜甜的時刻！娘又該罵我了，明天再寫。

摩問眉好　正月十二日

一九二六年二月二十五日自上海

致親愛的小眉：

昨晚發信後，正在躊躇，怎樣給你去電。今早上你的電從硤石轉了來。我怎不知道你急？我的眉眉！盼望我的覆電可以給你些安慰。我的信想都寄到，「藍信」英文的十封，中文的一封，此外非藍信不編號的不知有多少封。除了有一天沒有寫，總算天天給我眉作報告的。白天的事情其實是太平常。一無足寫。夜裏睡不著的時候多，夢不很有，有也記不清，將來還是看你的吧。今天我得到消息，更覺得愁了，張女士坐新豐輪來，要二月二十七日才從天津開，真把我肚子都氣癟。這來她至少三月一二才能到，我得呆著在這裏等，你說多冤！方才我又對爸爸提了，我說眉急的凶，我想走了。他說，他知道，但是沒辦法，總得等她到後，結束了才能走，否則你自己一樣不安心不是；北京那裏你常有信去，想也不至過分急。所以我只得耐心等，這是一個不快消息。第二件事叫我操心的，是報上說李景林打了勝仗，又逼近天津了，這可不是玩，萬一京津路再像上回似的停頓起來，那怎麼好？我們只能禱告天幫忙著我們：一、我們大家圓滿解決；二、我們及早可以重聚，不至再有麻煩。眉你怎不來信？你說我在上海過最乾枯的日子，連你的信都見不著，怎過得去？

眉眉，我們嘗受過的阻難也不少了，讓我們希望此後永遠是平安。我倒也不是完全爲我們自己著想，爲兩邊的高堂是真的。明明走了，前兩天唐有壬、歐陽予倩走，我眼看他們一個個的往回走。就只我落在背後，還有滿肚子的心事，真是無從叫苦。英國的賠款委員全到了，開會在天津，我一定拉適之同走。回頭再接寫！

摩問眉　正月十三日

一九二六年二月二十六日自上海

久之今天走，我托他帶走一網籃，但是裏面你的東西一樣也沒有，偏熬熬你，抵拚將來受你的！我不能就走，真急，但我去定船了，至遲三月四一定動身。這來我的犧牲已經不小不小！

現在房裏有不少人，寫信不便，我叫久之過來面見你，對你說我的近況，叫你放心等著，只要路上不發生亂子，我十天內總有希望見眉眉了，這信托久之面交，你有話問他。下午另函再寫。

堂上問候！

摩摩　正月十四日

一九二六年二月二十六日自上海

眉眉乖乖：

今天托久之帶京網籃一只，內有火腿茶菊，以及家用托買的兩包。你一雙鞋也帶去，看適用否，緞鞋年前已賣完，這雙尺寸恰好，但不怎麼好：茶菊你替我留下一點，我要另送人。今天我又替你買了一雙我自以爲極得意的鞋，你一定歡喜，北京一定買不出，是外國做來的，價錢可不小。你的大衣料頂麻煩，我看過，也問過，但始終沒有買，也許不買，到北京再說。你說要厚呢夾大衣，那還不是冬天用的，薄的倒有好看的，怕又買不合式。天臺橘子倒有，臨走時再買，早買要壞。火腿恐不十分好，包頭里的好，我還想去買些，自己帶。

適之真可惡，他又不走了！賠款委員會仍在上海開，他得在此接洽，他不久搬去滄州別墅。

昨晚有人請我媽聽戲，我也陪了去；聽的你說是什麼？就是上次你想聽沒聽著的《新玉堂春》。尚小雲唱的真不壞，下回再有，一定請眉眉聽去。

朱素雲也配得好，昨晚戲園裏擠得簡直是水泄不通。戲情雖則簡單，卻是情形有趣，三堂會審後，穿藍的官與王金龍作對，他知道王三一定去監牢裏會蘇三，故意守他們正在監內綢繆的時候，帶了衙役去查監。嚇得王三塗了滿面窯煤，裝瘋混了出去。後來穿紅的官做好人，調和了他們，審清了案子，蘇三掛紅出獄。蘇三到客店裏去梳妝一節，小雲做得極好，結局拜天地團圓，成全了一對恩愛夫妻。這戲不壞。但我看時也只想著眉眉，她說不定幾時候怎樣坐立不安的等著我哩！

眉眉，我真的心煩。什麼事也做不成，今天想寫一點給副刊，提了筆直發楞，什麼也沒有寫成。大約在我見眉之前，什麼事都不用想了，這幾十天就算是白活的，真坑人！思想也亂得很，一時高飛，一時沉底，像在夢裏似的，與人談話也是心不在焉的慌。眉眉，不知道你怎樣；我沒有你簡直不能做人過日子。什麼繁華，什麼聲色，都是甘蔗滓，前天有人很熱心的要介紹電影明星，我一點也沒興趣，一概婉辭謝絕。上海可不了，這班所謂明星，簡直是「火腿」的變相，哪裡還是乾淨的職業，眉眉，你想上銀幕的意思趁早打消了吧！我看你還是往文學美術方面，耐心的做去。不要貪快，以你的聰明，只要耐心，什麼事不成，你真的爭口氣，羞羞這勢利世界也好！

你近來身體怎樣，沒有信來真急人，昨天有船到，今天還是沒有信。大概你壓根兒就沒有寫。

我本該明天趕到京和我的愛眉寶貝同過元宵的，誰知我們還得磨折，天罰我們冷清清的一個在南，一個在北，冷眼看人家熱鬧，自己傷心！新月社一定什麼舉動也沒，風景煞盡的了！你今晚一定特別的難過，滿望摩摩元宵回京，誰知道還是這形單影隻的！你也只能自己譬解譬解，將來我們溫柔的福分厚著，蜜甜的日子多著；名分定了，誰還搶得了？我今晚仍伴媽睡，爸在杭未回。昨晚在第一台見一女，長得真美，媽都看呆了；那一雙大眼真驚人，少有得見的。見時再詳說。

堂上請安。

摩摩問候　元宵前夜

一九二六年二月二十七日自上海

眉我的乖：

昨晚寫了信，托沈久之帶走，他又得後天才走，我恨不能打長電給你；將來無線電實行後，那就便了。本來你知道一百五十年前寄信，不但在中國是麻煩不堪的事，俗話說的一紙家書值萬金；就在外國也是十二分的不方便。在英國郵政是分區域的，越遠越貴，從倫敦寄信到蘇格蘭要花不少的錢。後來有一個叫威廉什麼的，他住在倫敦，他的愛人在蘇格蘭，通信又慢又貴。他氣極了，就想了一個辦法，就是現在郵政的制度。寄信不論遠近，在國內收費一律。他在議會上了一個條陳，叫做「辨士信」，意思是一辨士可以寄一封信。這條陳提出議會時，大家哄堂大笑，有一個有名的政治家宣言，他一輩子從不曾聽見過這樣荒謬透頂的主張；說這個人一定是瘋的，怎麼一辨士可以寄信到蘇格蘭，不是太匪夷所思了！但後來這位情急先生的主張竟然普遍實行了。現在我們郵政有這樣利便，追溯原委，也還全虧「戀愛的靈感」，你說有趣不？但這一打仗，什麼都停頓了。手邊又沒有青鳥，這靈犀耿耿，向何處慰情去？從前歐洲大戰時，邦交斷絕時，郵政不通，有隔了五年才寄到的信！現在我們中間，只差了二三千里路，但為政治搗亂，害得我們信都不得如意的通。將來飛機郵政一定得實行，那就不礙事了，眉眉你也一定有同樣的感想！方才派人去買船票了，至遲三日四日不能不動身。再要走不成，我一定得瘋了；這來已經是夠危險，李景林已取馬廠，第三軍無能，天津旦夕可下。假如在我趕到之前，京津要是又斷了，那真怎麼好！我立定主意冒險也得趕進京。眉，天保佑，你等著吧。今天與徐振飛談得極投機，他也懂得我，銀行界中就他與王文伯有趣，此外市儈居多，例如子美。怎好，今天還不是元宵？你我中秋不曾過成，新年沒有同樂，元宵又毀了。眉愛，你怎樣想我，我是「心頭如火」；振鐸㉞邀去吃飯，有幾個文學家要會我，我得喝幾杯，眉眉，我祝福你！

你的頂親親的摩摩　元宵

一九二六年七月九日

眉愛：

只有十分鐘寫信，遲了今晚就寄不出。我現在在硤石了，與爸爸一同回來的，媽還留在上海，住在何家。今晚我與爸爸去山上住，大約正式的「談天」㉟該在今晚吧！我伯父日前中了「半肢瘋」，身體半邊不能活動，方才去看他，談了一回，所以連寫信的時間都沒有了。

眉：我還只是滿心的不愉快，身體也不好，沒有胃口，人瘦的凶，很多人說不認識了，你說多怪。但這是暫時的，心定了就好，你不必替吾著急。今天說起回北京，我說二十遍，爸爸說不成，還得到廬山去哪！我真急，不明白他意思究竟是怎麼樣！快寫信吧！

今晚明天再寫！祝你好，盼你信。（還沒有！孫延杲的倒來了。）

摩親吻你　七月九日

一九二六年七月十七日

小眉芳睞：

昨宿西山，三人謔浪笑傲，別饒風趣。七搔首弄姿，竟像煞有介事。海夢囈連篇，不堪不堪！今日更熱，屋內升九十三度，坐立不寧，頭昏猶未盡去。今晚決赴杭，西湖或有涼風相邀待也。

新屋更須月許方可落成，已決安置冷熱水管。樓上下房共二十餘間，有浴室二。我等已派定東屋，背連浴室，甚符理想。新屋共安電燈八十六，電料我自去選定，尚不太壞，但係暗線，又已裝妥，將來添置不知便否？眉眉愛光，新床左右，尤不可無點綴也。此屋尚費商量，因舊屋前進正擋前門，今想一律拆去，門前五開間，一律作為草地，雜種花木，方可像樣。惜我愛卿不在，否則即可相偕著手佈置矣，豈不美妙。樓後有屋頂露臺，遠矙東西山景，頗亦不惡。不料輾轉結果，我父乃爲我眉營此香巢；無此固無以寓此嬌燕，言念不禁莞爾㊱。我等今夜去杭，後日（十九）乃去天目。看來二十三快車萬趕不及，因到滬尚須看好傢俱陳設，煞費商量也。如此至早須月底到京，與眉聚首雖近，然別來無日不忘忘若失。眉無摩不自得，摩無眉更手足不知所措也。

昨回硤，乃得適之覆電，云電碼半不能讀，囑重電知。但期已過促，今日計程已在天津，電報又因水患不通，竟無以覆電。然去函亦該趕到，但願馮六處已有接洽，此是父親意，最好能請到，想六爺自必樂爲玉成也。

眉眉，日來香體何似？早起之約尚能做到否？聞北方亦奇熱，遙念愛眉獨處困守，神馳心塞，如何可言？聞慰慈將來滬，幫丁在君㊲辦事，確否？京中友輩已少，慰慈萬不能秋前讓走；希轉致此意，即此默吻眉肌頌兒安好。

摩　七月十七日

一九二六年七月十八日

眉眉！

簡直的熱死了，昨夜還在西山上住。又病了，這次的病妙得很，完全是我眉給我的。昨天兩頓飯也沒有吃，只吃了一盆蒸餛飩當點心，水果和水倒吃了不少；結果糟透了。不到半夜就發作；也和你一樣，直到天亮還睡不安穩。上面盡打嗝兒，胃氣直往上冒，下面一樣的連珠。我才知道你屢次病的苦。簡直與你一模一樣，肚子脹，胃氣發，你說怪不怪？今天吃了一頓素餐，肚又脹了。天其實熱不過，躲在屋子裏汗直流。這樣看來，你病時不肯聽話，也並不是你特別倔強；我何嘗不知道吃食應該十分小心，但知道自知道，小心自不小心，有什麼辦法？今晚我們玩西湖去，明早六時坐長途汽車去天目山，約正午可到。這回去本不是我的心願，但既然去了，我倒盼望有一兩天清涼日子過，多少也叫我動身北歸以前喘一喘氣。想起津浦的鐵篷車其實有些可怕。天目的景致另函再詳。適之回爸爸的信到了，我倒不曾想到馮六有這層推託。文伯也好，他倒是我的好友。但適之何以托蔣夢麟代表，我以爲他一定托慰慈的。夢麟已得行動自由嗎？

昨天上海郵政罷工，你許有信來，我收不到。這恐怕又得等好幾天，天目回頭，才能見到我愛的信，此又一悶。我到上海，要辦幾樁事。一是購置我們新屋裏的新傢俱。你說買什麼的好？北京朱太太家那套藤的我倒看的對，但臥房似乎不適宜。床我想買Twin的，別致些。你說哪樣好？趕快寫回信，許還來得及。我還得管書屋的佈置：這兩件事完結，再辦我們的訂婚禮品。我想就照我們的原議，買一只寶石戒，另配衣料。眉乖！你不知道，我每天每晚怎樣急的要回京，也不全爲私。《晨報》老這托人也不是事，不是？但老太爺看得滿不在乎，只要拉著我伴他，其實呢，也何嘗不應該，獨生兒子在假期中難得隨侍幾天。無奈我的神魂一刻不得眉在左右，便一刻不安。你那裏也何嘗不然？老太爺若然體諒，正應得立即放我走哩。按現在情形看來，我們的婚期至早得在八月初。因爲南方不過七月半，不會天涼。像這樣天時，老太爺就是願意走，我都要勸阻他的。並且家祠屋子沒有造起，雜事正多著哩！

乖囡！你耐一點子吧。遲不到月底，摩摩總可以回到「眉軒」來溫存我唯一的乖兒。這回可不比上次，眉眉，你得好好替我接風才是。老金他們見否？前天見一余壽昌，大罵他，罵他沒有腦筋。堂上都好否？替我叩安。寫不過二紙，滿身汗已如油，真不得了。這天時便親吻也嫌太熱也！但摩摩深吻眉眉不釋。

七月十八日

一九二六年七月二十一日自西天目山

眉兒：

在深山中與世隔絕，無從通問，最令悒悒。三日來由杭而臨安，行數百里，纖道登山。旅中頗不少可紀事，皆願爲眉一一言之；恨郵傳不達，只得暫紀於此，歸時再當暢述也。

前日發函後，即與旅伴（歆海、老七及李藻孫）出遊湖，以爲晚涼可有樂者；豈意湖水尚熱如湯，風來烘人，益增煩濁。舟過錦華橋，便訪春潤廬，適值蔡鶴卿㊳先生駐蹤焉。因遂謁談有頃。蔡氏容貌甚癯，然膚色如棕如銅，若經髹然，意態故藹婉恂恂，所謂「嬰兒」者非歟？談京中學業，甚憤慨，言下甚堅絕，決不合作：「既然要死，就應該讓他死一個透；這樣時局，如何可以混在一起？適之倒是樂觀，我很感念他；但事情還是沒有辦法的，我無論如何不去。」

平湖秋月已設酒肆，稍近即聞汗臭。晚間更有猥歌聲，湖上風流更不可問矣。移棹向樓外樓，滿擬一棹幽靜，稍遠塵囂。詎此樓亦經改作，三層樓房，金漆輝煌，有屋頂，有電扇。昔日閒逸風趣竟不可復得。因即樓下便餐，菜亦視前劣甚。柳梢頭明月依然，仰對能毋愧煞！

仁圃蟠桃味甘乃無倫，新蓮亦冽香激齒。眉此時想亦在蓮瓤中討生活也。

夜間旅客房中有一趣聞：一土妓件客即宿矣，忽遁跡不見。遍覓無有，而前後門固早扃。迨日向晨，始於樓上便室中發現，殊可噱。

十九日早六時起，六時二十分汽車開行，約八時到臨安。修道甚佳，一路風色尤媚絕，此後更不虞路難矣。臨安登轎，父親體重，輿夫三名不勝，增至四；四猶不勝，增至六。上山時簇擁邪許而前，態至狼狽。十時半抵螺絲嶺，新築有屋，住僧為備飯。十二時又前行，及四時乃抵山麓。小憩龍泉寺，啖粥點心。乃盤道上山，幸雲阻日光，山風稍動，不過熱。轎夫皆稱老爺福量大。登山一里一涼亭，及第五亭乃見瀑，猥瀉石罅間，殊不莊嚴。近人為築亭，顏天琴，坐此聽瀑，遠瞰群崗，亦一小休。到此東天目鐘聲剪空而來，山林震盪，意致非常。

今寓保福樓，窗前山色林香，別有天地。左一巒頂，松竹叢中，鐘樓在焉。昨晚月色朦朧，忽復明爽；約藻孫與七步行入林，坐石上聽泉，有頃乃歸，所思邈矣。夜涼甚重，厚衾裹臥，猶有寒意。

二十日早上山，去昭明太子分經台，欲上尋龍潭，不成，悻悻折回。登山不到頂，此第一次也。又去寺右側洗眼池。山中風色描寫不易。杉佳、竹佳、鐘聲佳；外此則遠眺群山，最使怡曠。

二十一日早下山。十時到西天目。地當山麓，寺在勝間，勝地也。

一九二七年十一月二十七日自南京

眉：

昨劉太太亦同行，剪髮燙髮，又戴上霞飛路十八元氈帽，長統絲襪，繡花手套，居然亭亭豔豔，非復「吳下阿蒙」甚矣，巴黎之感化之深也。

午快車等於慢車。每站都停；到南京已九時有餘。一路幸有同伴，尚不難過。憶上次到南京，正值龍潭之役。昨夜月下經過，猶想見血肉橫飛之慘。在此山後數十里，我當時坐洋車繞道避難，此時都成陳跡矣。

歆海家一小洋房，平屋甚整潔。湘玫理家看小孩，兼在大學教書，甚勤。因我來特為製新被褥，借得帆布床，睡客堂中，暖和舒服不讓家中；昨夜暢睡一宵，今晨日高始起。即刻奚若、端升光臨了。你昨夜能熬住不看戲否？至盼能多養息。我事畢即歸，弗念。阿哥已到否？為我候候。

此間天氣甚好，十月小陽春也。

父母前叩安湘玫附候

摩摩　十一月二十七日

一九二八年五月九日自北京

眉愛：

這可真急死我了，我不說托湯爾和給設法坐小張㊴的福特機嗎？好容易五號的晚上，爾和來信說：七號顧少川走，可以附乘。我得意極了。東西我知道是不能多帶的，我就單買了十幾個沙營，胡沉的一大簍子，專爲孝敬你的。誰知六號晚上來電說：七號不走，改八號；八號又不走，改九號；明天（十號）本來去了，憑空天津一響炮，小顧又不能走。方才爾和通電：竟連後天走得成否都不說了。你說我該多麼著急？我本想學一個飛將軍從天而降，給你一個意外的驚喜，所以不曾寫信。同時你的信來，說又病的話，我看楞了簡直的。咳！我真不知怎麼說，怎麼想才是。乖！你也太不小心了，如果真是小產，這盤帳怎麼算？我爲此呆了這兩天，又急於你的身體，滿想一腳跨到。飛機六小時即可到南京，要快當晚十一點即可到滬，又不花本；那是多痛快的事！誰想又被小鬼的炮聲㊵給耽誤了，真可恨！

你想，否則即使今天起，我此時也已經到家了。孩子！現在只好等著，他不走，我更無法，如何是好？但也許說不定他後天走，那我也許和這信同時到也難說。反正我日內總得回，你耐心候著吧，孩子！

請告瑞午，大雨的地是本年二月押給營業公司一萬二千兩。他急於要出脫，務請趕早進行。他要俄國羊皮帽，那是天津盛錫福的，北京沒有。我不去天津，且同樣貨有否不可必，有的貴到一二百元的，我暫時沒有法子買。天津還不知鬧得怎樣了，北京今天謠言蜂起，嚇得死人。我也許遷去叔華家住幾天；因她家無男子，僅她與老母幼子；她又膽小。但我看北京不至出什麼大亂子，你不必為我擔憂，我此行專為看你：生意能成固好，否則你也顧不得。且走頗不易，因北大同人都相約表示精神，故即成行亦須於三五日內趕回，恐你失望，故先說及。

文伯信多謝。我因不知他地址，他亦未來信，以致失候，負罪之至。但非敢疏慢也。臨走時趣話早已過去忘卻，但傳聞麻兄演成妙語，真可謂點金妙手。麻兄畢竟可愛！一笑。但我實在著急你的身體，這樣下去怎麼得了。我真恨日本人，否則今晚即可歡然聚話矣。相見不遠，諸自珍重！

摩摩吻上　五月九日

一九二八年六月十七日自神戶途中

親愛的：

離開了你又是整一天過去了。我來報告你船上的日子是怎麼過的。我好久沒有甜甜的睡了。這一時尤其是累，昨天起可有了休息了；所以我想以後生活覺得太倦了的時候，只要坐船，就可以養過來。長江船實在是好，我回國後至少我得同你去來回漢口坐一次。你是城裏長大的孩子，不知道鄉居水居的風味，更不知道海上河上的風光；這樣的生活實在是太窄了，你身體壞一半也是離天然健康的生活太遠的原故。你坐船或許怕暈，但走長江乃至走太平洋決不至於。因爲這樣的海程其實說不上是航海，尤其在房間裏，要不是海水和機輪的聲響，你簡直可以疑心這船是停著的。昨晚給你寫了信就洗澡上床睡，一睡就著，因爲太倦了，一直睡到今早上十點鐘才起來。早飯已吃不著，只喝一杯牛奶。穿衣服最是一個問題，昨晚上吃飯，我穿新做那件米色華絲紗，外罩春舫式的坎肩；照照鏡子，還不至於難看。文伯也穿了一件豔綠色的綢衫子，兩個人聯袂而行，趾高氣揚的進餐堂去。我倒懊惱中國衣帶太少了，尤其那件新做藍的夾衫，我想你給我寄紐約去，只消掛號寄，不會遺失的；也許有張單子得塡，你就給我寄吧，用得著的。還有人和裡我看中了一種料子，只要去信給田先生，他知道給染什麼顏色。染得了，讓拿出來叫雲裳㊶按新做那件尺寸做，安一個嫩黃色的極薄綢裏子最好；因爲我那件舊的黃夾衫已經褪色，宴會時不能穿了。你給我去信給爸爸。或是他還在上海，讓老高去通知關照人和要那件料子。我想你可以替我辦吧。還有襯裏的綢褲褂（紮腳管的）最好也給做一套，料子也可以到人和要去，只是你得說明白材料及顏色。你每回寄信的時候不妨加上「Via Vancouver」㊷也許可以快些。

今天早上我換了洋服，白嗶嘰褲，灰法蘭絨褂子，費了我好多時候，才給打扮上了，真費事。最糟的是我的脖子確先從十四吋半長到了十五吋，而我的衣領等等都還是十四吋半，結果是受罪。尤其是瑞午送我那件特別shirt，領子特別小，正怕不能穿，那真可惜。穿洋服是真不舒服，脖子、腰、腳，全上了鐐銬，行動都感到拘束，哪有我們的服裝合理，西洋就是這件事情欠通，晚上還是中裝。

飯食也還要得，我胃口也有漸次增加的趨向。最好一樣東西是橘子，真正的金山橘子，那個兒的大，味道之好，同上海賣的是沒有比的。吃了中飯到甲板上散步，走七轉合一哩，我們是寬袍大袖，走路斯文得很。有兩個牙齒雪白的英國女人走得快極了，我們走小半轉，她們走一轉。船上是靜極了的，因爲這是英國船，客人都是些老頭兒，文伯管他們叫做retired burglars㊸，因爲他們全是在東方賺飽了錢回家去的。年輕女人雖則也有幾個，但都看不上眼，倒是一位似乎福建人的中國女人長得還不壞。可惜她身邊永遠有兩個年輕人擁護著，說的話也是我們沒法懂的，所以也只能看看。到現在爲止，我們跟誰都沒有交談過，除了房間裏的boy㊹，看情形我們在船上結識朋友的機會是少得很，英國人本來是難得開口，我們也不一定要認識他們。船上的設備和佈置真是不壞；今天下午我們各處去走了一轉，最上層的甲板是叫sun deck，可以太陽浴。那三個煙囪之粗，晚上看看真嚇人。一個游泳池真不壞，碧清的水逗人得很，我可惜不會游水，否則天熱了，一天浸在裏面都可以的。健身房也不壞，小孩子另有陳設玩具的屋子，圖書室也好，只是書少而不好。音樂也還要得，晚上可以跳舞，但沒人跳。電影也有，沒有映過。我們也到三等煙艙裏去參觀了，那真叫我駭住了，簡直是一個China Town的變相，都是赤膊赤腳的，橫七豎八的躺著，此外擺著十幾隻長方的桌子，每桌上都有一兩人坐著，許多人圍著。我先不懂，文伯說了，我才知道是「攤」，賭法是用一大把棋子合在碗下，你可以放注，莊家手拿一根竹條，四顆四顆的撥著數，到最後剩下的幾顆定輸贏。看情形進出也不小，因為每家跟前都是有一厚疊的鈔票：這真是非凡，賭風之盛，一至於此！還有一件奇事，你隨便什麼時候可以叫廣東女人來陪，嗚呼！中華的文明。

下午望見有名的烏山，但海上看不見飛鳥。方才望見一列的燈火，那是長崎，我們經過不停。明日可到神戶，有濟遠來接我們，文伯或許不上岸。我大概去東京，再到橫濱，可以給你寄些小玩意兒，只是得買日本貨，不愛國了，不礙嗎？

我方才隨筆寫了一短篇《卞昆岡》㊺的小跋，寄給你，看過交給上沅付印，你可以改動，你自己有話的時候不妨另寫一段或是附在後面都可以。只是得快些，因為正文早已印齊，等我們的序跋和小鵝的圖案了，這你也得馬上逼著他動手，再遲不行了！再伯生他們如果真演，來請你參觀批評的話，你非得去，標準也不可太高了，現在先求有人演，那才看出戲的可能性，將來我回來，自然還得演過。不要忘了我的話。同時這夏天我真想你能寫一兩個短戲試試，有什麼結構想到的就寫信給我，我可以幫你想想，我對於話劇是有無窮願望的，你非得大大的幫我忙，乖囡！

你身體怎樣，昨天早起了不太累嗎？冷東西千萬少吃，多多保重，省得我在外提心吊膽的！

媽那裏你去信了沒有？如未，馬上就寫。她一個人在也是怪可憐的。爸爸、娘大概是得等競武信，再定搬不搬；你一人在家各事都得警醒留神，晚上早睡，白天早起，各事也有個接洽，否則你遲睡，淑秀也不早起，一家子就沒有管事的人了，那可不好。

文伯方才說美國漢玉不容易賣，因爲他們不承認漢玉，且看怎樣。明兒再寫了，親愛的，哥哥親吻你一百次，祝你健安。

摩摩　十七日夜

一九二八年六月十八日自東京途中

親愛的：

我現在一個人在火車裏往東京去；車子震盪得很凶，但這是我和你寫信的時光，讓我在睡前和你談談這一天的經過。濟遠隔兩天就可以見你，此信到，一定遠在他後，你可以從他知道我到日時的氣色等等。他帶回去一束手絹，是我替你匆匆買得的，不一定別致；到東京時有機會再去看看，如有好的，另寄給你。這真是難解決，一面是爲愛國，我們決不能買日貨，但到了此地看各樣東西製作之玲巧，又不能不愛。濟遠說：你若來，一定得裝幾箱回去才過癮。說起我讓他過長崎時買一筐日本大櫻桃給你，不知他能記得否。日本的枇杷大極了，但不好吃。白櫻桃亦美觀，但不知可口不？我們的船從昨晚起即轉入——島國的內海，九州各島燈火輝煌，於海波澎湃夜色蒼茫中，各具風趣。今晨起看內海風景，美極了，水是綠的，島嶼是青的，天是藍的；最相映成趣的是那些小漁船一個個揚著各色的漁帆，黃的、藍的、白的、灰的，在輕波間浮游，我照了幾張，但因背日光，怕不見好。飯後船停在神戶口外，日本人上船來檢驗護照。我上函說起那比較看得的中國的女子，大約是避綁票一類，全家到日本上岸。我和文伯說這樣好，一船上男的全是蠢，女的全是醜，此去十餘日如何受得了。我就想像如果乖你同來的話，我們可以多麼堂皇的並肩而行，叫一船人盡都側目！大鋒頭非得到外國出，明年咱們一定得去西洋——單是為呼吸海上清新的空氣也是值得的。

船到四時才靠岸，我上午發無線電給濟遠的，他所以約了鮑振青來接，另外同來一兩個新聞記者，問這樣問那樣的，被我幾句滑話給敷衍過去了，但相是得照一個的，明天的神戶報上可見我們的尊容了。上岸以後，就坐汽車亂跑，街上新式的雪佛洛來跑車最多，買了一點東西，就去山裏看雌雄瀧瀑布，當年叔華的兄姊淹死或閃死的地方。我喜歡神戶的山，一進去就撲鼻的清香，一股涼爽氣侵襲你的肘腋，妙得很。一路上去有賣零星手藝及玩具的小鋪子，我和文伯買了兩根刻花的手杖。我們到雌雄瀧池邊去坐談了一陣，暝色從林木的青翠裏濃濃的沁出，飛泉的聲響充滿了薄暮的空山：這是東方山水獨到的妙處。下山到濟遠寓裏小憩；說起洗澡，濟遠說現在不僅通伯敢於和別的女人一起洗，就是叔華都不怕和別的男性共浴，這是可咋舌的一種文明！

我們要了大蔥麵點饑，是蔥而不臭，頗入味。鮑君為我發電報，只有平安兩字，但怕你們還得請教小鵜，因為用日文發要比英文便宜幾倍的價錢。出來又吃鰻飯，又為鮑君照相（**此攝影大約可見時報**）。趕上車，我在船上買的一等票，但此趟急行車只有睡車二等而無一等，睡車又無空位，怕只得坐這一宵了。明早九時才到東京，通伯想必來接。後日去橫濱上船，想去日光或箱根一玩，不知有時候否。曼，你想我不？你身體見好不？你無時不在我切念中，你千萬保重，處處加愛，你已寫信否？過了後天，你得過一個月才得我信，但我一定每天給你寫，只怕你現在精神不好，信過長了使你心煩。我知道你不喜歡我說哲理話，但你知道你哥哥愛是深入骨髓的。我親吻你一千次。

摩摩　十八日

一九二八年六月二十四日自西雅圖途中

眉眉：

我說些笑話給你聽：這一個禮拜每晚上，我都躲懶，穿上中國大褂不穿禮服，一樣可以過去。昨晚上文伯說：這是星期六，咱們試試禮服吧。他早一個鐘頭就動手穿，我直躺著不動，以為要穿就穿，哪用著多少時候。但等到動手的時候，第一個難關就碰到了領子；我買的幾個硬領尺寸都太小了些，這罪可就受大了，而且是笑話百出。因為你費了多大勁把它放進了一半，一不小心，它又out了！簡直弄得手也酸了，胃也快翻了，領子還是扣不進去。沒法想，只得還是穿了中國衣服出去。今天趕上個半鐘點前就動手，左難右難，哭不是，笑不是的麻煩了足足一個時辰，才把它扣上了。現在已經吃過飯，居然還不鬧亂子，還沒有out！這文明的麻煩真有些受不了。到美國我真想常穿中國衣，但又只有一件新做的可穿，我上次信要你替我去做，不知行不？

海行冷極了，我把全副行頭都給套上，還覺得涼。天也陰淒淒的不放晴；在中國這幾天正當黃梅，我們自從離開日本以來簡直沒有見過陽光，早晚都是這晦氣臉的海和晦氣臉的天。甲板上的風又受不了，只得常常躲在房間裏。唯一的消遣是和文伯談天。這有味！我們連著談了幾天了，談不完的天。今天一開眼就——喔，不錯，我一早做一個怪夢，什麼Freddy叫陶太太拿一把根子鬧著玩兒給打死了——一開眼就撿到了society ladies㊻的題目瞎談，從唐瑛講到溫大龍（one dollar），從鄭毓秀講到小黑牛。這講完了，又講有名的姑娘，什麼愛之花、潘奴、雅秋、亞仙的胡扯了半天。這講了，又談當代的政客，又講銀行家、大少爺、學者，學者們的太太們，什麼都談到了。曼！天冷了，出外的人格外思家。昨天我想你極了，但提筆寫可又寫不上多少話；今天我也真想你，難過得很，許是你也想我了。這黃梅時陰淒的天氣誰不想念他的親愛的？

你千萬自己處處格外當心——爲我。

文伯帶來一箱女衣，你說是誰的？陳潔如你知道嗎？蔣介石的太太，她和張靜江的三小姐在紐約，我打開她箱子來看了，什麼尺呀，粉線袋，百代公司唱詞本兒、香水、衣服，什麼都有。等到紐約見了她，再作詳細報告。

今晚有電影，Billie Dove的，要去看了。

摩摩的親吻　六月二十四日

一九二八年六月二十五日

明天我們船過子午線，得多一天。今天是二十五，明天本應二十六，但還是二十五；所以我們在船上的多一個禮拜一，要多活一天。不幸我們是要回來的，這撿來的一天還是要丟掉的。這道理你懂不懂？小孩子！我們船是向東北走的，所以愈來愈冷。這幾天太太小姐們簡直皮小氅都穿出來了。但過了明天，我們又轉向東南，天氣就一天暖似一天。到了Victoria就與上海相差不遠了。美國東部紐約以南一定已經很熱，穿這斷命的外國衣服，我真有點怕，但怕也得挨。

船上吃飽睡足，精神養得好多，臉色也漸漸是樣兒了。不比在上海時，人人都帶些晦氣色。身體好了，心神也寧靜了。要不然我昨晚的信如何寫得出？那你一看就覺得到這是兩樣了。上海的生活想想真是糟。陷在裏面時，愈陷愈深；自己也覺不到這最危險，但你一跳出時，就知道生活是不應得這樣的。

這兩天船上稍為有點生氣，前今兩晚舉行一種變相的賭博：賭的是船走的里數，信上說是說不明白的。但是auction sweep㊼一種拍賣倒是有點趣味——賭博的趣味當然。我們輸了幾塊錢。今天下午，我們賽馬，有句老話是：船頂上跑馬，意思是走投無路。但我們卻真的在船上舉行賽馬了。我說給你聽：地上鋪一條劃成六行二十格的毯子，拿六隻馬——木馬當然，放在出發的一頭，然後拿三個大色子擲在地上；如其擲出來是一二三，那第一第二第三個馬就各自跑上一格；如其接著擲三個一點，那第一隻馬就跳上了三步。這樣誰先跑完二十格，就得香檳。買票每票是半元，隨你買幾票。票價所得的總數全歸香檳，按票數分得，每票得若干。比如六馬共賣一百張票，那就是五十元。香檳馬假如是第一馬，買的有十票，那每票就派著十元。今天一共舉行三賽，兩次普通，一次

「跳濱」；我們贏得了兩塊錢，也算是好玩。

第二個六月二十五：

今天可紀念的是晚上吃了一餐中國飯，一碗湯是鮑魚雞片，頗可口，另有廣東鹹魚草菇球等四盆菜。我吃了一碗半飯，半瓶白酒，同船另有一對中國人：男姓李，女姓宋，訂了婚的，是廣東李濟深的秘書；今晚一起吃飯，飯後又打兩圈麻將。我因爲多喝了酒，多吃了煙，頗不好受；頭有些暈，趕快逃回房來睡下了。

今天我把古董給文伯看：他說這不行，外國人最講考據，你非得把古董的歷史原原本本地說明不可。他又說：三代銅器是不含金質的，字體也太整齊，不見得怎樣古；這究是幾時出土，經過誰的手，經過誰評定，這都得有。凡是有名的銅器在考古書上都可以查得的。這克爐是什麼時代，什麼鑄的，爲什麼叫「克」？我走得匆促，不曾詳細問明，請瑞午給我從詳（而且須有根據，要靠得住）即速來一個信，信面添上——「Via Seattle」，可以快一個禮拜。還有那瓶子是明朝什麼年代，怎樣的來歷，也要知道。漢玉我今天才打開看，怎麼爸爸只給我些普通的。我上次見過一些藥鏟什麼好些的，一樣都沒有，頗有些失望，但我當然去盡力試賣。文伯說此事頗不易做，因爲你第一得走門路，第二近年來美國人做冤大頭也已經做出了頭。近來很精明了，中國什麼路貨色什麼行市，他們都知道。第二即使有了買主，介紹人的佣金一定不小，比如濟遠說在日本賣畫，賣價五千，賣主真拿到手的不過三千，因爲八大㊽那張畫他也沒有敢賣，而且還有我們身分的關係，萬一他們找出證據來說東西靠不住，我們要說大話，那很難爲情。不過他倒是有這一路的熟人，且碰碰運氣去看。競武他們到了上海沒有？我很掛念他們。要是來了，你可以不感寂寞，家下也有人照應了；如未到來信如何說法，我不另寫信了；他們早晚到，你讓他們看信就得。

我和文伯談話，得益很多。他倒是在暗裏最關切我們的一個朋友。他會出主意，你是知道的。但他這幾年來單身人在銀行界最近在政界怎樣的做事，我也才完全知道，以後再講給你聽。他現在背著一身債，爲要買一個清白，出去做事才立足得住。在一般人看來，他是一個大傻子；因爲他放過明明不少可以發財的機會不要，這是他的品格，也顯出他志不在小，也就是他夠得上做我們朋友的地方。他倒很佩服娘，說她不但有能幹而有思想，將來或許可以出來做做事。在船上是個極好反省的機會。我愈想愈覺得我倆有趕快wake up的必要。上海這種疏鬆生活實在是要不得，我非得把你身體先治好，然後再定出一個規模來，另闢一個世界，做些旁人做不到的事業，也叫爸娘吐氣。我也到年紀了，再不能做大少爺，馬虎過日，近來感受種種的煩惱，這都是生活不上正軌的緣故。曼，你果然愛我，你得想想我的一生，想想我倆共同的幸福；先求養好身體，再來做積極的事。一無事做是危險的，飽食暖衣無所用心，決不是好事。你這幾個月身體如能見好，至少得趕緊認真學畫和讀些正書。要來就得認真，不能自哄自，我切實的希望你能聽摩的話。你起居如何？早上何時起來？這第一要緊——生活革命的初步也。

一九二八年七月二日自西雅圖

曼：

不知怎的車老不走了，有人說前面碰了車；這可不是玩，在車上不比在船上，拘束得很，什麼都不合式，雖則這車已是再好沒有的了，我們單獨占一個房間，另花七十美金，你說多貴！

前昨的經過始終不曾說給你聽，現在補說吧！

Victoria這是有錢人休息的一個海島，人口有六、七萬，天氣最好，至熱不過八十度，到冷不逾四十，草帽、白鞋是看不見的。住家的房子有很好玩的，各種的顏色玲巧得很，花木哪兒都是，簡直找不到一家無花草的人家。這一季尤其，各色的繡球花，紅白的月季，還有長條的黃花，紫的香草，連綿不斷的全是花。空氣本來就清，再加花香，妙不可言。街道的乾淨也不必說。我們坐車遊玩時正九時，家家的主婦正鋪了床，把被單掛到廊下來曬太陽。送牛奶的趕著空車過去，街上靜得很；偶爾有一兩個小孩在街心裏玩，但最好的地方當然是海濱：近望海裏，群島羅列，白鳥飛翔，已是一種極閒適之景致；遠望更佳，夏令配克高峰都是戴著雪帽的，在朝陽裏煊耀：這使人塵俗之念，一時解化。我是個崇拜自然者，見此如何不傾倒！遊罷去皇后旅館小憩；這旅館也大極了，花園尤佳，竟是個繁花世界，草地之可愛，更是中國所不可得見。

摩親吻你

中午有本地廣東人邀請吃麵，到一北京樓，麵食不見佳，卻有一特點：女堂倌是也。她那神情你若見了，一定要笑，我說你聽。

姑娘是瓊州生長的女娃！
生來粗眉大眼刮刮叫的英雌相，
打扮得像一朵荷花透水鮮，
黑綢裙，白絲襪，粉紅的綢衫，
再配上一小方圍腰；
她走道兒是玲叮噹，
她開口時是有些兒風騷；
一雙手倒是十指尖；
她跟你斟上酒又倒上茶……

據說這些打扮得嬌豔的女堂倌，頗得洋人的喜歡。因爲中國菜館的生意不壞，她們又是走碼頭的，在加拿大西美名城子輪流做招待的。她們也會幾隻山歌，但不是大老闆，她們是不賞臉的。

下午四時上船，從維多利亞到西雅圖，這船雖小，卻甚有趣。客人多得很，女人尤多。在船上，我們不說女人沒有好看的嗎？現在好了，越向內地走，女人好看的似乎越多；這船上就有不少看得過的。但我倦極了，一上船就睡著了。這船上有好玩的，一組女人的音樂隊，大約不是俄國便是波蘭人吧！打扮得也有些妖形怪氣的，胡亂吹打了半天，但聽的人實在不如看的人多！船上的風景也好，我也無心看，因爲到岸就得檢驗行李過難關。八時半到西雅圖，還好，大約是金問泗的電報，領館裏派人來接，也多虧了他；出了些小費，行李居然安然過去。現在無妨了，只求得到主兒賣得掉，否則原貨帶回，也夠掃興的不是？當晚爲護照行李足足弄了兩小時，累得很；一到客棧，吃了飯，就上床睡。不到半夜又醒了，總是似夢非夢的見著你，怎麼也睡不著。臨睡前額角在一塊玻璃角上撞起了一個窟窿，腿上也磕出了血，大約是小晦氣，不要緊的，你們放心。昨天早上起來去車站買票，弄行李，離開車尙有一小時。雇一輛汽車去玩西雅圖城，這是一個山城，街道不是上，就是下，有的峻險極了，看了都害怕。山頂就一只長八十里的大湖叫Lake Washington。可惜天陰，望不清。但山裏住家可太舒服了。十一時上車，車頭是電氣的，在萬山中開行，說不盡的好玩。但今朝又過好風景，我還睡著錯過了！可惜。後天是美國共和紀念日，我們正到芝加哥。我要睡了，再會！

妹妹！

摩　七月二日

一九二八年七月五日自紐約

親愛的：

整兩天沒有給你寫信，因爲火車上實在震動得太厲害，人又爲失眠難過，所以索性耐著，到了紐約再寫。你看這信箋就可以知道我們已經安到我們的目的地——紐約。方才渾身都洗過，頗覺爽快。這是一個比較小的旅館，但房金每天合中國錢每人就得十元，房間小得很，雖則有澡室等等，設備還要得。出街不幾步，就是世界有名的Fifth Ave。這道上只有汽車，那多就不用提了。我們還沒有到K・C・H・那裏去過，雖則到岸時已有電給他，請代收信件。今天這三兩天怕還不能得信，除非太平洋一邊的郵信是用飛船送的，那看來不見得。說一星期吧，眉你的第一封信總該來了吧，再要不來，我眼睛都要望穿了。眉，你身體該好些了吧？如其還要得，我盼望你不僅常給我寫信，並且要你寫得使我宛然能覺得我的乖眉小貓兒似的常在我的左右！我給你說說這幾天的經過情形，最苦是連著三四晚失眠。前晚最壞了，簡直是徹夜無眠，也不知道什麼原因。一路火旺得很，一半許是水土，上岸頭幾天又沒有得水果吃，所以燒得連口唇皮都焦黑了。現在好容易到了紐約，只是還得忙；第一得尋一個適當的apartment。夏天人家出外避暑，許有好的出租。第二得想法出脫帶來的寶貝。說起昨天過芝加哥，我們去Museum of Natural History走來了。那邊有一個玉器專家叫Lanfer，他曾來中國收集古董，印一本講玉器的書，要賣三十五元美金。昨天因爲是美國國慶紀念，他不在館，沒有見他。可是文伯開玩笑，給出一個主意，他讓我把帶來的漢玉給他看，如他說好，我就說這是不算數，只是我太太Madame Hsu Siaoman㊾的小玩意兒，Collection㊿她老太爺才真是好哪。他要同意的話，就拿這一些玉全借給他，陳列在他的博物院裏；請本城或是別處的闊人買了捐給院裏。文伯又說：我們如果吹得得法的話，不妨提議讓他們請爸爸做他們駐華收集玉器代表。這當然不過是這麼想，但如果成的話，豈不佳哉？我先寄此，晚上再寫。

摩 一九二八年七月五日

一九二八年十月四日自孟買途中

愛眉：

久久不寫中國字，寫來反而覺得不順手。我有一個怪癖，總不喜歡用外國筆墨寫中國字，說不出的一種彆扭，其實還不是一樣的。昨天是十月三號，按陽曆是我倆的大喜紀念日，但我想不用它，還是從舊曆以八月二十七孔老先生生日那天作爲我們紀念的好；因爲我們當初挑的本來是孔誕日而不是十月三日，那你有什麼意味？昨晚與老李喝了一杯cocktail，再吃飯，倒覺得臉烘烘熱了一兩個鐘頭。同船一班英國鬼子都是粗俗到萬分，每晚不是賭錢賽馬，就是跳舞鬧，酒間裏當然永遠是滿座的。這班人無一可談，真是怪，一出國的英國鬼子都是這樣的粗傖可鄙。那群舞女（Bawdy Company㊿①）不必說，都是那一套，成天光著大腿子，打著紅臉紅嘴趕男鬼胡鬧，淫騷粗醜的應有盡有。此外的女人大半都是到印度或緬甸去傳教的一群乾癟老太婆，年紀輕些的，比如那牛津姑娘

（要算她還有幾分清氣），說也真妙，大都是送上門去結婚的。我最初只發現那位牛津姑娘（她名字叫Sidebottom，多難聽！[52]）是新嫁娘，誰知接連又發現至九個之多，全是準備流血去的！單是一張飯桌上，就有六個大新娘，你說多妙！這班新娘子，按東方人看來也真看不慣，除了真醜的，否則每人也都有一個臨時朋友，成天成晚的擁在一起，分明她們良心上也不覺得什麼不自然，這真是洋人洋氣。

我在船上飯量倒是特別好，菜單上的名色總得要過半。這兩星期除了看書（也看了十來本書），多半時候，就在上層甲板看天看海。我的眼望到極遠的天邊。我的心也飛去天的那一邊。眉你不覺得嗎，我每每憑欄遠眺的時候，我的思緒總是緊繞在我愛的左右，有時想起你的病態可憐，就不禁心酸滴淚。每晚的星月是我的良伴。

自從開船以來，每晚我都見到月，不是送她西沒，就是迎她東升。有時老李伴著我，我們就看看海天，也談著海天，滿不管下層船客的鬧，我們別有胸襟，別有懷抱，別有天地！

乖眉，我想你極了，一離馬賽，就覺得歸心如箭，恨不能一腳就往回趕。此去印度真是沒法子，爲還幾年來的一個心願，在老頭[53]升天以前再見他一次，也算盡我的心。像這樣拋棄了我愛，遠涉重洋來訪友，也可以對得住他的了。所以我完全無意留連，放著中印度無數的名勝異跡，我全不管，一到孟買（Bombay）就趕去Calcutta見了老頭，再順路一到大吉嶺，瞻仰喜馬拉雅的風采，就上船徑行回滬。眉眉，我的心肝，你身體見好否？半月來又無消息，叫我如何放心得下，這信不知能否如期趕到？但是快了，再一個月你我又可交抱相慰的了！

香港電到時，盼知照我父。

摩的熱吻

一九二八年十二月二十一日

Darling：

車現停在河南境內（隴海路上），因爲前面碰車出了事，路軌不曾修好，大約至少得誤點六小時，這是中國的旅行。老金處電想已發出，車到如在半夜，他們怕不見得來接，我又說不清他家的門牌號數，結果或須先下客棧。同車熟人頗多，黃家壽帶了一個女人，大概是姨太太之一，他約我住他家，我倒是想去看看他的古董書畫。你記得我們有一次在他家吃飯，obata請客嗎？他的鼻子大得奇怪，另有大鼻子同車，羅家倫校長先生是也。他見了我只是窘，盡說何以不帶小曼同行，殺風景，殺風景！要不然就吹他的總司令長，何應欽白崇禧短，令人處處齒冷。

車上極擠，幾於不得坐位，因有相識人多定臥位，得以高臥。昨晚自十時半睡至今日十時，大暢美，難得。地在淮北河南，天氣大寒，朝起初見雪花，風來如刺。此一帶老百姓生活之苦，正不可以言語形容。同車有熟知民間苦況者，爲言民生之難堪；如此天時，左近鄉村中之死於凍餓者，正不知有多少。即在車上望去，見土屋牆壁破碎，有僅蓋席子作頂，聊蔽風雨者。人民都面有菜色，鑲手寒戰，看了真是難受。回想我輩穿棉食肉，居處奢華，尚嫌不足，這是何處說起。我每當感情動時，每每自覺慚愧，總有一天我也到苦難的人生中間去嘗一分甘苦，否則如上海生活，令人筋骨衰腐，志氣消沉，哪還說得到大事業！

眉，願你多多保重，事事望遠處從大處想，即便心氣和平，自在受用。你的特長即在氣寬量大，更當以此自勉。我的話，前晚說的，千萬常常記得，切不可太任性。盼有來信。

爸娘前請安，臨行未道別爲罪。

汝摩　星期五

一九二八年十二月二十五日

小曼：

到今天才偷著一點閒來寫信，但願在寫完以前更不發生打岔。到了北京是真忙，我看人，人看我，幾個轉身就把白天磨成了夜。先來一個簡單的日記吧。

星期六在車上又逢著了李濟之大頭先生，可算是歡喜冤家，到處都是不期之會。車誤了三個鐘頭，到京已晚十一時。老金、麗琳、瞿菊農，都來站接我：故舊重逢，喜可知也。老金他們已遷入叔華的私產那所小洋屋，和她娘分住兩廂，中間公用一個客廳。初進廳老金就打哈哈，原來新月社那方大地毯，現在他家美美的鋪著哪。如此說來，你當初有些錯冤了王公廠了。麗琳還是那舊精神，開口難么閉口面的有趣。老金長得更醜更蠢更笨更呆更木更傻不雞雞了！他們一開口當然就問你，直罵我，說什麼都是我的不是，爲什麼不離開上海？爲什麼不帶你去外國，至少上北京！爲什麼聽你在腐化不健康的環境裏耽著？這樣那樣的聽說了一大頓，說得我啞口無言。本來是無可說的！麗琳告奮勇她要去上海看看你倒是怎麼回事。種種的廢話都是長翅膀的，可笑卻也可厭。他倆還得向我開口正式談判哪，可怕！

Emma已不和他們同住，不合式，大小姐二小姐分了家了。當晚Emma也來了，她可也變了樣，又老又醜，全不是原先巴黎、倫敦丰采，大爲掃興。

第二天星期一，早去協和，先見思成。梁先生㊴的病情誰都不能下斷語，醫生說希望絕無僅有，神智稍爲清寧些，但絕對不能見客，一興奮病即變相。前幾天小便阻塞，過一大危險，亦爲興奮。因此我亦只得在門縫裏張望，我張了兩次：一次正躺著，難看極了，半只臉只見瘦黑而焦的皮包著骨頭，完全脫了形了，我不禁流淚；第二次好些，他靠坐著和思成說話，多少還看出幾分新會先生的神采。昨天又有變象，早上忽發寒熱，抖戰不止。熱度升至四十以上，大夫一無捉摸；但幸睡眠甚好，飲食亦佳。老先生實在是絞枯了腦汁，流乾了心血，病發作就難以支持；但也還難說，竟許他還能多延時日。梁大小姐㊵亦尙未到。思成因日前離津去奉，梁先生病已沉重，而左右無人作主，大爲一班老輩朋友所責備。彼亦面黃肌瘦，看看可憐。林大小姐㊶則不然，風度無改，渦媚猶圓，談鋒尤健，興致亦豪；且亦能吸煙捲喝啤酒矣！

星期中午老金為我召集新月故侶，居然尚有二十餘人之多。計開：任叔永夫婦、楊景任、熊佛西夫婦、余上沅夫婦、陶孟和夫婦、鄧叔存、馮友蘭、楊金甫、丁在君、吳之椿、瞿菊農等，彭春臨時趕到，最令高興，但因高興喝酒即多，以致終日不適，腹絞腦脹，下回自當留意。

星期晚間在君請飯，有彭春及思成夫婦，瞎談一頓。昨天星一早去石虎胡同蹇老處，並見慰堂，略談任師身後佈置，此公可稱以身殉學問者也，可敬！午後與彭春約同去清華，見金甫等。彭春對學生談戲，我的票也給綁上了。沒法擺脫。羅校長居然全身披掛，威風凜凜，殺氣騰騰，然其太太則十分循順，勸客吃糖食十分殷勤也。晚歸路過燕京，見到冰心女士，承蒙不棄，聲聲志摩，頗非前此冷傲，異哉。與P・C・進城吃正陽樓雙脆燒炸肥瘦羊肉，別饒風味。飯後看荀慧生《翠屏山》，配角除馬富祿外，太覺不堪，但慧生真慧，冶蕩之意描寫入神，好！戲完即與彭春去其寓次長談。談長且暢，舉凡彼此兩三年來屯聚於中者一齊傾吐無遺，難得難得！直至破曉，方始入寐，彭春懼一時不能離南開；乃兄已去國，二千人教育責任，盡在九爺肩上，然彭春極想見曼，與曼一度長談。一月外或可南行一次，我亦亟望其能成行也。P・C・真知你我者。如此知己，僅矣！今日十時去匯業見叔濂，門鎖人愁，又是一番景象。此君精神頗見頹喪，然言自身並無虧空，不知確否。

午間思成、藻孫約飯東興樓，重嘗烏魚蛋芙蓉雞片。飯後去淑筠家，老伯未見，見其姬，函款面交。希告淑筠，去六阿姨處，無人在家，僅見黑哥之母。三舅母處想明日上午去，西城亦有三四處朋友也。今晚楊鄧請飯，及看慧生全本《玉堂春》。明晚或可一見小樓、小余之八大錘。三日起居注，絮絮述來，已有許多，俱見北京友生之富。然而京華風色不復從前，蕭條景象，到處可見，想了傷心。友輩都要我倆回來，再來振作一番風雅市面，然而已矣！

曼！日來生活如何，最在念中，腿軟已見除否？夜間已移早否？我歸期尚未能定，大約下星四動身。但梁如爾時有變，則或尚須展緩，文伯、慰慈已返京，尚未見。文伯痲子今煌煌大要人矣。堂上均安不另。

汝摩親吻　星期二

一九三一年二月二十四日自北平

眉：

前天一信諒到，我已安到北平。適之父子和麗琳來車站接我。胡家一切都替我預備好，被窩等等一應俱全。我的兩件絲棉袍子一破一燒，胡太太都已替我縫好。我的房間在樓上，一大間，後面是祖望[57]的房，再過去是澡室，房間裏有汽爐，舒適得很。溫源寧要到今晚才能見，固此功課如何，都還不得而知；恐怕明後天就得動手工作。北京天氣真好，碧藍的天，大太陽照得通亮；最妙的是徐州以南滿地是雪，徐州以北一點雪都沒有。今天稍有風，但也不見冷。前天我寫信後，同小郭去錢二黎處小坐，隨後到程連士處（因在附近），程太太留吃點心，出門時才覺得時候太遲了些，車到江邊跑極快，才走了七分鐘，可已是六點一刻。最後一趟過江的船已於六點開走，江面上霧茫茫的只見幾星輪船上的燈火。我想糟，真鬧笑話了，幸虧神通廣大，居然在十分鐘內，找到了一隻小火輪，單放送我過去。我一個人獨立蒼茫，看江濤滾滾，別有意境。到了對岸，已三刻，趕快跑，偏偏橘子簍又散了滿地，狼狽之至。等到上車，只剩了五分鐘，你說險不險！同房間一個救世軍的小軍官。同車相識者有翁詠霓。車上大睡，第一晚因大熱，竟至夢魘。一個夢是湘眉那貓忽然反了，約了另一隻貓跳上床來攻打我；凶極了，我幾乎要喊救命。說起湘眉要那貓，不爲別的，因爲她家後院也鬧耗子，所以要她去鎮壓鎮壓。她在我們家，終究是客，不要過分虧待了她，請你關照荷貞等，大約不久，張家有便，即來攜取的。我走後你還好否？想已休養了過來。過年是有些累；我在上海最苦是不夠睡。娘好否？說我請安。硤石已去信否？小蝶墨盒及信已送否？大夏⑱六十元支票已送來否？來信均盼提及，電報不便，我或者不發了。此信大後日可到。你晚上睡得好否？立盼來信！常寫要緊。早睡早起才乖。

汝摩　二月二十四日

一九三一年二月二十六日

眉愛：

前日到後，一函托麗琳付寄，想可送到。我不曾發電，因爲這裏去電報局頗遠，而信件三日內可到，所以省了。現在我要和你說的是我教書事情的安排。前晚溫源寧來適之處，我們三個人談到深夜。北大的教授（三百）是早定的，不成問題。只是任課比中大的多，不甚愉快。此外還是問題，他們本定我兼女大教授，那也有二百八，連北大就六百不遠。但不幸最近教部嚴令禁止兼任教授，事實上頗有爲難處，但又不能兼。如僅僅兼課，則報酬又甚微，六點鐘不過月一百五十。總之此事尚未停當，最好是女大能兼教授，那我別的都不管，有二百八和三百，只要不欠薪，我們兩口子總夠過活。就是一樣，我還不知如何？此地要我教的課程全是新的，我都得從頭準備，這是件麻煩事；倒不是別的，因爲教書多占了時間，那我願意寫作的時間就得受損失。適之家地方倒是很好，樓上樓下，並皆明敞。我想我應得可以定心做做工。奚若昨天自清華回，昨晚與麗琳三人在玉華台吃飯。老金今晚回，晚上在他家吃飯。我到此飯不曾吃得幾頓，肚子已壞了。方才正在寫信，底下又鬧了笑話，狼狽極了；上樓去，偏偏水管又斷了，一滴水都沒有。你替我想想是何等光景？

（請不要逢人就告，到底年紀不小了，有些難為情的。）

最後要告訴你一件我決不曾意料的事：思成和徽音我以爲他們早已回東北，因爲那邊學校已開課。我來時車上見郝更生夫婦，他們也說聽說他們已早回，不想他們不但尚在北平而且出了大岔子，慘得很，等我說給你聽：我昨天下午見了他們夫婦倆，瘦得竟像一對猴兒，看了真難過。你說是怎麼回事？他們不是和周太太（梁大小姐）思永夫婦同住東直門的嗎？一天徽音陪人到協和去，被她自己的大夫看見了，他一見就拉她進去檢驗，診斷的結果是病已深到危險地步，目前只有停止一切勞動，到山上去靜養。孩子、丈夫、朋友、書，一切都須隔絕，過了六個月再說話，那真是一個晴天裏霹靂。這幾天小夫妻倆就像是熱鍋上的螞蟻直轉，房子在香山頂上有，但問題是叫思成怎麼辦？徽音又捨不得孩子，大夫又絕對不讓，同時孩子也不強，日見黃白。你要是見了徽音，眉眉，你一定吃嚇。她簡直連臉上的骨頭都看出來了；同時脾氣更來得暴躁。思成也是可憐，主意東也不是，西也不是。凡是知道的朋友，不說我，沒有不替他們發愁的；真有些慘，又是愛莫能助，這豈不是人生到此天道寧論？麗琳謝謝你，她另有信去。你自己這幾日怎樣？何以還未有信來？我盼著！夜晚睡得好否？寄娘想早來。瑞午金子已動手否？盼有好消息！娘好否？我要去東興，鄭蘇戡⑲在，不寫了。

摩吻

一九三一年三月四日自北平

致愛妻：

到平已八日，離家已十一日，僅得一函，至爲關念。昨得虞裳來書，稱洵美得女，你也去道喜。見你左頰微腫，想必是牙痛未癒，或又發。前函已屢囑去看牙醫，不知已否去過，已見好否？我不在家，一切都須自己當心。即如此消息來，我即想到你牙痛苦楚模樣，心甚不忍。要知此虛火，半因天時，半亦起居不時所至。此一時你須決意將精神身體全盤整理，再不可因循自誤。南方不知已放晴否？乘此春時，正好努力。可惜你左右無精神振爽之良伴，你即有志，亦易於奄奄蹉跎。同時時日不待，光陰飛謝，實至可怕。即如我近兩年，亦復苟安貪懶，一無朝氣。此次北來，重行認真做事，頗覺吃力。但果能在此三月間扭回習慣，起勁做人，亦未爲過晚。所盼者，彼此忍受此分居之苦，至少總應有相當成績，庶幾彼此可以告慰。此後日子借此可見光明，亦快心事也。此星期已上課，北大八小時，女大八小時，昨今均七時起身，連上四課。因初到須格外賣力（學生亦甚歡迎），結果頗覺吃力，明日更煩重，上午下午兩處跑，共有五小時課。星六亦重，又因所排功課，皆非我所素習，不能不稍事預備，然而苦矣。晚睡仍遲，而早上不能不起。胡太太說我可憐，但此本分內事，連年舒服過當，現在正該加倍的付利息了。

女子大學的功課本是溫源寧的，繁瑣得很。八個鐘點不算，倒是六種不同科目，最煩。地方可是太美了。原來是九爺府，後來常蔭槐買了送給楊宇霆的。王宮大院，真是太好了。每日煤就得燒八十多元。時代真不同了。現在的女學生一切都奢侈，打扮真講究，有幾件皮大氅，著實耀眼。楊宗翰也在女大。我的功課都擠在星期三、四、五、六。這回更不能隨便了。下半年希望能得基金講座，那就好，教六個鐘頭，拿四五百元。餘下功夫，就很可以寫東西。目前怕只能做教匠。六阿姨他們昨天來此，今天我去（第二次），赫哥請在一亞一吃飯。六姨定三月南去，小瑞亦頗想同行，不知成否？昨日元宵，我一人在寓，看看月色，頗念著你。半空中常見火炮，滿街孩子歡呼。本想帶祖望他們去城南看焰火，因要看書未去。今日下午亦未出門。趙元任夫婦及任叔永夫婦來便飯。

小三等放花甚起勁。一年一度，元宵節又過去了。我此來與上次完全不同，遊玩等事一概不來。除了去廠甸二次，戲也未看，什麼也沒有做。你可以放心。但我真是天天盼望你來信，我如此忙，尙且平均至少兩天一信。你在家能有多少要公，你不多寫，我就要疑心你不念著我。娘好否？爲我請安。此信可給娘看看。我要做工了。

如有信件一起寄來。

你的摩摩　元宵後一日

一九三一年三月七日自北平

致愛妻曼：

到今天才得你第二封信，真是眼睛都盼穿了。我已發過六封信，平均隔日一封也不算少，況且我無日無時不念著你。你的媚影站在我當前，監督我每晚讀書做工，我這兩日常責備她何以如此躲懶，害我提心吊膽，自從虞裳說你腮腫，我曾夢見你腮腫得西瓜般大。你是錯怪了親愛的。至於我這次走，我不早說了又說，本是一件無可奈何事。我實在害怕我自己真要陷入各種痼疾，那豈不是太不成話，因而毅然北來。今日崇慶也函說：母親因新年勞碌發病甚詳，我心裏何嘗不是說不出的難過。但願天保佑，春氣轉暖以後，她可以見好。你，我豈能捨得。但思量各方情形，姑息因循大家沒有好處，果真到了無可自救的日子那又何苦？所以忍痛把你丟在家裏，寧可出外過和尙生活。

我來後情形，我函中都已說及，將來你可以問胡太太即可知道。我是怎樣一個乖孩子，學校上課我也頗爲認真，希望自勵勵人，重新再打出一條光明路來。這固然是爲我自己，但又何嘗不爲你親眉，你豈不懂得？至於梁家，我確是夢想不到有此一著；況且此次相見與上回不相同，半亦因爲外有浮言，格外謹慎，相見不過三次，絕無愉快可言。如今徽音偕母挈子，遠在香山，音信隔絕，至多等天好時與老金、奚若等去看她一次。（她每日只有兩個鐘頭可見客）。我不會伺候病，無此能幹，亦無此心思：你是知道的，何必再來說笑我[60]。我在此幸有工作，即偶爾感覺寂寞，一轉眼也就過去；所以不放心的只有一個老母，一個你。還有娘始終似乎不十分瞭解，也使我掛念。我的知心除了你更有誰？你來信說幾句親熱話，我心裏不提有多麼安慰？已經南北隔離，你再要不高興我如何受得？所以大家看遠一些，忍耐一些，我的愛你，你最知道，豈容再說。「I may not love you so passionately as before but I love all the more sincerely and truly for all those years. And may this brief separation bring about another gush of passionate love from both sides so that each of us will be willing to sacrifice for the sake of the other!」[61]我上課頗感倦，總是缺少睡眠。明日星期，本可高臥，但北大學生又在早九時開歡迎會，又不能不去。現已一時過，所以不寫了。今晚在豐澤園，有性仁、老鄭等一大群。明晚再寫，親愛的，我熱烈的親你。

摩 三月七日

一九三一年三月十九日自北平

愛眉親親：

今天星四，本是功課最忙的一天，從早起直到五時半才完。又有莎菲茶會，接著Swan請吃飯，回家已十一時半，真累。你的快信在案上。你心裏不快，又兼身體不爭氣，我看信後，十分難受。我前天那信也說起老母，我未嘗不知情理。但上海的環境我實在不能再受。再窩下去，我一定毀；我毀，於別人亦無好處，於你更無光鮮。因此忍痛離開；母病妻弱，我豈無心？所望你能明白，能助我自救；同時你亦從此振拔，脫離痼疾；彼此回復健康活潑，相愛互助，真是海闊天空，何求不得？至於我母，她固然不願我遠離，但同時她亦知道上海生活於我無益，故聞我北行，絕不阻攔。我父亦同此態度；這更使我感念不置。你能明白我的苦衷，放我北來，不為浮言所惑：亦使我對你益加敬愛。但你來信總似不肯捨去南方。硤石是我的問題，你反正不回去。在上海與否，無甚關係。至於娘，我並不曾要你離開她。如果我北京有家，我當然要請她來同住。好在此地房舍寬敞，決不至如上海寓處的局促。我想只要你肯來，娘為你我同居幸福，決無不願同來之理。你的困難，

由我看來，決不在尊長方面，而完全是在積習方面。積重難返，戀土情重是真的。（說起報載法界已開始搜煙，那不是玩！萬一鬧出笑話來，如何是好？這真是仔細打點的時機了。）

我對你的愛，只有你自己最知道，前三年你初沾上習的時候，我心裏不知有幾百個早晚，像有蟹在橫爬，不提多麼難受。但因你身體太壞，竟連話都不能說。我又是好面子，要做西式紳士的。

所以至多只是短時間繃長著一個臉，一切都鬱在心裏。如果不是我身體茁壯，我一定早得神經衰弱。我決意去外國時是我最難受的表示。但那時萬一希冀是你能明白我的苦衷，提起勇氣做人。我那時寄回的一百封信，確是心血的結晶，也是漫遊的成績。但在我歸時，依然是照舊未改；並且招惹了不少浮言。我亦未嘗不私自難受，但實因愛你過深，不惜處處順你從著你，也怪我自己意志不強，不能在不良環境中掙出獨立精神來。在這最近二年，多因循復因循，我可說是完全同化了。但這終究不是道理！因爲我是我，不是洋場人物。於我固然有損，於你亦無是處。幸而還有幾個朋友肯關切你我的健康和榮譽，爲你我另開生路，固然事實上似乎有不少不便，但只要你這次能信從你愛摩的話，就算是你犧牲，爲我犧牲。就算你和一個地方要好，我想也不至於要好得連一天都分離不開。況且北京實在是好地方。你實在是過於執一不化，就算你這一次遷就，到北方來遊玩一趟：不合意時盡可回去。難道這點面子都沒有了嗎？

我們這對夫妻，說來也真是特別；一方面說，你我彼此相互的受苦與犧牲，不能說是不大。很少夫婦有我們這樣的腳根。但另一方面說，既然如此相愛，何以又一再捨得相離？你是大方，固然不錯，但事情總也有個常理。前幾年，想起真可笑。我是個癡子，你素來知道的。你真的不知道我曾經怎樣渴望和你兩人並肩散一次步，或同出去吃一餐飯，或同看一次電影，也叫別人看了羨慕。但說也奇怪，我守了幾年，竟然守不著一單個的機會，你沒有一天不是engaged的，我們從沒有privacy過。到最近，我已然部分麻木，也不想望那種世俗幸福。即如我行前，我過生日，你也不知道。我本想和你同吃一餐飯，玩玩。臨別前，又說了幾次，想要實行至少一次的約會，但結果我還是脫然遠走，一單次的約會都不得實現。你說可笑不？這些且不說它，目前的問題：第一還是你的身體。你說我在家，你的身體不易見好，現在我不在家了，不正是你加倍養息的機會？所以你愛我，第一就得咬緊牙根，養好身體：其次想法脫離習慣，再來開始我們美滿的結婚幸福。我只要好好下去，做上三兩年工，在社會上不怕沒有地位，不怕沒有高尙的名譽。雖則不敢擔保有錢，但飽暖以及適度的舒服總可以有。你何至於遽爾悲觀？要知道，我親親至愛的眉眉，我與你是一體的，情感思想是完全相通的；你那裏一不愉快，我這裏立即感到。心上一不舒適，如何還有勇氣做事？要知道我在這裏確有些做苦工的情形。爲的無非是名氣，爲的是有榮譽的地位，爲的是要得朋友們的敬愛，方便尤在你。我是本有頗高地位，用不著從平地築起，江山不難取得，何不勇猛向前？現在我需要我缺少的，只是你的幫助與根據於眞愛的合作。眉眉！大好的機會爲你我開著，再不可錯過了。時候已不早（二時半），明日七時半即須起身。我寫得手也成冰，腳也成冰。一顆心無非爲你，聰明可愛的眉眉，你能不爲我想想嗎？

北大經過適之再三去說，已領得三百元。昨交興業匯滬收帳。女大無望，須到下月十日左右再能領錢，我又豁邊了，怎好？南京日內或有錢，如到，來函提及。

祝你安好，孩子！上沅想已到，一百元當已交到。陳圖南不日去申，要甚東西，速來函告知。

你的摩摩　三月十九日星四

一九三一年三月二十二日自北平

致愛眉：

前日發長函後，未曾得信。昨今兩日特別忙，我說你聽聽：昨功課完後，三個地方茶會，又是外國人。你又要說頂不歡喜外國人，但北京有幾個外國人確是並不討厭，多少有學問，有趣味，所以你也不能一筆抹煞。你的洋人的印象多半是外交人員，但這不能代表的。昨晚又是我們二周聚餐同志的會期，先在麗琳處吃茶，後去玉華台吃飯，商量春假期內去逛長城十三陵或壇旃寺，我最想去大覺寺看數十里的杏花。王叔魯本說請我去，不知怎樣。飯後又去白宮跳舞場，遇見赫哥及小瑞一家，我和麗琳跳了幾次；她真不輕，我又穿上絲棉，累得一身大汗。有一舞女叫綠葉，頗輕盈，極紅。我居然也占著了一次，花了一元錢。北京真是一天熱鬧似一天，如果小張再來，一定更見興隆，雖則不定是北京之福。今天星期，上午來不少客，燕京清華都來請講演。新近有胡先驌者又在攻擊新詩，他們都要我出來辯護，我已答應，大約月初去講。這一開端，更得見忙，然亦無法躲避，盡力做去就是。下午與麗龍去中央公園看圓明園遺跡展覽，遇見不少朋友。牡丹已漸透紅芽，春光已露，四時回史家胡同，性仁、Rose來茶談演戲事，性仁因孟和在南京病，明日南下。她如到上海，許去看你，又是一個專使。Rose這孩子真算是有她的；前天騎馬閃了下來，傷了背腰。好！她不但不息，玩得更瘋，當晚還去跳舞，連著三天照樣忙，可算是Plucky[62]之極。方才到六點鐘，又有一個年輕洋人開車來接她。海不久回來，聽說派了京綏路的事。R演說她的閨房趣事，有聲有色，我頗喜歡她的天真。但麗琳不喜歡她，我總覺得人家心胸狹窄，你以為怎樣？七時我們去清水吃東洋飯。又是Miss Richard和Miss Jones。飯後去中和，是我點的戲，尙和玉的鐵龍山，鳳卿文昭關，梅的頭二本虹霓關。我們都在後臺看得很高興。頭本戲不好，還不如孟麗君。慧生、豔琴、姜妙香，更其不堪。二本還不錯，這是我到此後初次看戲。明晚小樓又有戲（上星期有落馬湖、安天會），但我不見能去。

眉眉，北京實在是比上海有意思得多，你何妨來玩玩。我到此不滿一月，漸覺五官美通，內心舒泰；上海只是銷蝕筋骨，一無好處。我雕像有相片，你一定說不像，但要記得「他」沒有戴上眼鏡，你可以給洵美、小鶼看看。眉眉，我覺得離家已有十年，十分想念你。小蝶他們來時你同來不好嗎？你不在，我總有些形單影隻，怪不自然的。請你寫信硤石問兩件事：一、麗琳那包衣料；二、我要新茶葉。

你的丈夫摩　二十二日

一九三一年四月一日自北平

賢妻如吻：

多謝你的工楷信，看過頗感爽氣。小曼奮起，誰不低頭。但願今後天佑你，體健日增。先從繪畫中發現自己本真，不朽事業，端在人爲。你真能提起勇氣，不懈怠，不間斷的做去，不患不成名。但此時只顧培養功力，切不可容絲毫驕矜。以你聰明，正應取法上上，俾能於線條彩色間見真性情，非得人不知而不慍，未是君子。展覽云云，非多年苦工以後談不到。小曼聰明有餘，毅力不足，此雖一般批評，但亦有實情。此後各須做到一毅字，拙夫不才，期相共勉。畫快寄來，先睹爲幸，此祝

進步！

摩　四月一日

一九三一年四月九日自硤石[63]

愛眉：

昨晚打電後，母親又不甚舒服，亦稍氣喘，不絕呻吟。我二時睡，天亮醒回。又聞呻吟，睡眠亦不甚好。今日似略有熱度，昨日大解，又稍進爛麵，或有關係。我等早八時即全家出門去沈家濱上墳。先坐船出市不遠，即上岸走。蔣姑母穀定表妹亦同行。正逢鄉里大迎神會。天氣又好，遍里甕，盡是人。附近各鎮人家亦雇船來看，有橋處更見擁擠。會甚簡陋，但鄉人興致極高，排場亦不小。田中一望盡綠，忽來千百張紅白綢旗，迎風飄舞，蜿蜒進行，長十丈之龍。有七八條。彩砌樓臺亭閣，亦見十餘。有翠香寄柬、天女散花、三戲牡丹、呂布、貂蟬等彩扮。高蹺亦見，他有

三百六十行，彩扮至趣。最妙者為一大白牯牛，施施而行，神氣十足。據云此公須盡白燒一罈，乃肯隨行。此牛殊有古希風味，可惜未帶照相器，否則大可留些印象。此時方回，明後日還有迎會。請問洵美有興致來看鄉下景致否？亦未易見到，借此來破一次何如。方才回鎮，船傍岸時，我等俱已前行。父親最後，因篙支不穩，仆倒船頭，幸未落水。老人此後行動真應有人隨侍矣。今晚父親與幼儀、阿歡同去杭州。我一個人留此伴母。可惜你行動不能自由，梵皇渡今亦有檢查，否則同來侍病，豈不是好？洵美詩你已寄出否？明日想做些工，肩負過多，不容懶矣。你昨晚睡得好否？牙如何？至念！回頭再通電，你自己保重！

摩　四月九日星期四

一九三一年四月二十七日

愛眉：

我昨夜痧氣，今日渾身酸痛；胸口氣塞，如有大石壓住，四肢癱軟無力。方才得你信頗喜，及拆看，更增愁悶。你責備我，我相當的忍受。但你信上也有冤我的話；再加我這邊的情形你也有所不知。我家欺你，即是欺我：這是事實。我不能護我的愛妻，且不能護我自己：我也懊濾得無話可說。再加不公道的來源，即是自家的父親，我那晚挺撞了幾句，他便到靈前去放聲大哭。外廳上朋友都進來勸不住，好容易上了床，還是唉聲歎氣的不睡。我自從那晚起，臉上即顯得極分明，人人看得出。除非人家叫我，才回話。連爸爸我也沒有自動開口過。這在現在情勢下，我又無人商量，電話上又說不分明，又是在熱孝裏，我爲母親關係，實在不能立即便有堅決表示：這你該原諒。至於我們這次的受欺壓（你真不知道大殮那天，我一整天的絞腸的難受。），我雖懦順，決不能就此甘休。但我卻要你和我靠在一邊，我們要爭氣，也得兩人同心合力的來。我們非得出這口氣，小發作是無謂的。別看我脾氣好，到了僵的時候，我也可以僵到底的。並且現在母親已不在。我這份家，我已經一無依戀。父親愛幼儀，自有她去孝順，再用不到我。這次拒絕你，便是間接離絕我，我們非得出這口氣。所以第一你要明白，不可過分責怪我。自己保養身體，加倍用功。我們還有不少基本事情，得相互同心的商量，千萬不可過於懊惱，以致成病。千萬千萬！至於你說我通同他人來欺你，這話我要叫冤。上星期六我回家，同行只有阿歡和惺堂。他們還是在北站上車的，我問阿歡，他娘在哪裏！他說在滄洲旅館，硤石不去。那晚上母親萬分危險，我一到即蹲在床裏，靠著她，真到第二天下午幼儀才來。（我後來知道是爸爸連去電話催來的。）我爲你的事，從北方一回來，就對父親說。母親的話，我已對你說過，父親的口氣，十分堅決，竟表示你若來他即走。隨後我說得也硬。他（那天去上海）又說，等他上海回來再說。所以我一到上海，心裏十分難受，即請你出來說話，不想你倒真肯做人，竟肯去父親處準備受冷肩膀。我那時心裏十分感受你的明大體。其實那晚如果見了面，也許可以講通（父親本是吃軟不吃硬的）。不幸又未相逢。連著我的腳又壞得寸步難移，因而下一天出門的機會也就沒有。等到星六上午父親從硤石來電話，說母親又病重，要我帶慳堂立即回去，我即問小曼同來怎樣？他說「且緩，你先安慰她幾句吧！」所以眉眉，你看，我的難才是難。以前我何嘗不是夾在父母與妻子中間做難人，但我總想拉攏感情要緊。有時在父母面上你不很用心，我也有些難過。但這一次你的心腸和態度是十分真純而且坦白，這錯我完全派在父親一邊。只是說來說去，礙於母喪，立時總不能發作。目前沒有別的，只能再忍。我大約早到五月四日，遲到五月五日即到上海，那時我你連同娘一起商量一個辦法，我可要出這一口氣。同時你若能想到什麼辦法，最好先告知我，我們可以及早計算。我在此僅有機會向沈舅及許姨兩處說過。好在到最後，一枝筆總在我手裏。我倒要看父親這樣偏袒，能有什麼好結果？誰能得什麼好處？人的倔強性往往造成不必要的悲慘。現在竟到我們的頭上了，真可歎！但無論如何，你得硬起心腸，先把此事放在一邊，尤要不可過分責怪我。因爲你我相愛，又同時受侮，若再你我間發生裂痕，那不正中了他人之計了嗎？

這點，你聰明人仔細想想，不可過分感情作用，記好了。娘聽了，我想也一定贊同我的意見的。我仍舊向你，我唯一的愛妻希冀安慰。

汝摩　二十七日

一九三一年五月十四日

眉眉我愛：

你又犯老毛病了，不寫信。現在北京上海間有飛機信，當天可到。我離家已一星期，你如何一字未來，你難道不知道我出門人無時不惦著家念著你嗎？我這幾日苦極了，忙是一件事，身體又不大好。一路來受了涼，就此咳嗽，出痰甚多。前兩晚簡直嗆得不停，不能睡；胡家一家子都讓我咳醒了。我吃很多梨，胡太太又做金銀花、貝母等藥給我吃，昨晚稍好些。今日天雨，忽然變涼。我出門時是大太陽，北大下課到奚若家中飯時，凍得直抖。恐怕今晚又不得安寧。我那封英文信好像寄航空的，到了沒有？那一晚我有些發瘋，所以寫信也有些瘋頭瘋腦的，你可不許把信隨手丟。我想到你那亂，我就沒有勇氣寫好信給你。前三年我去歐美印度時，那九十多封信都到哪裡去了？那是我周遊的唯一成績，如今亦散失無存，你總得改良改良脾氣才好。我的太太，否則將來竟許連老爺都會被你放丟了的。你難道我走了一點也不想我？現在弄到我和你在一起倒是例外，你一天就是吃，從起身到上床，到合眼，就是吃。也許你想芒果或是想外國白果倒要比想老爺更親熱更急。老爺是一隻牛，他的唯一用處是做工賺錢，——也有些可憐：牛這兩星期不但要上課還得補課，夜晚又不得睡，心裏也不舒泰。天時再一壞，竟是一肚子的灰了！太太，你忍心字兒都不肯寄一個來？大概你們到杭州去了，恕我不能奉陪，希望天時好，但終得早起一些才趕得上陽光。北京花事極闌珊，明後天許陪歆海他們去明陵長城。但也許不去。娘身體可好？甚念！這回要等你來信再寫了。

照片一包。已找到，在小箱中。

摩　星四

一九三一年五月十六日自北平

愛妻：

昨天大群人出城去玩。歆海一雙，奚若一雙，先到玉泉。泉水真好，水底的草叫人愛死，那樣的翡翠才是無價之寶。還有的活的珍珠泉水，一顆顆從水底浮起，不由得看的人也覺得心泉裏有靈珠浮起。次到香山，看訪徽音，養了兩月，得了三磅，臉倒叫陽光逼黑不少，充印度美人可不喬裝。歸途上大家討論夫妻。人人說到你，你不覺得耳根紅熱嗎？他們都說我脾氣太好了，害得你如此這般。我口裏不說，心想我曼總有逞強的一天，他們是無家不冒煙，這一點我倆最沾光，也不安煙囪，更不說煙。這回我要正式請你陪我到北京來，至少過半個夏。但不知你肯不肯賞臉？景任十分疼你，因此格外怪我，說我老爺怎的不做主。話說回來，我家煙雖不外冒，恰反向裏咽，那不是更糟糕更纏牽？你這回西湖去，若再不帶回一些成績，我替你有些難乎為顏，奮發點兒吧，我的小甜娘！也是可憐我們，怎好不順從一二？我方才看到一首勸孝，詞意十分懇切，我看了，有些眼酸，因此抄一份給你，相期彼此共勉。

蔣家房子事，已向小蝶談過否？何無回音？我們此後用錢更應仔細。蕉青那裏我有些愁，過節時怕又得淹蹇，相差不過一月，及早打點為是。

娘一人守家多可憐，但我希望你遊西湖心快活，身體強健。

你的摩　五月十六日

一九三一年五月二十九日

眉愛：

昨晚到家中，設有暖壽素筵。外客極少，高炳文卻在老屋裏。老小男女全來拜壽。新屋客有蔣姑母及諸弟妹，何玉哥、辰嫂、娟哥等。十一時起齋佛，伯父亦攙扶上樓（佛台設樓中間），頗熱鬧。我打了幾圈牌，三時後上床。我睡東廂自己床，有羅紗帳，一睡竟對時，此時（四時）方始下樓。你回家須買些送人食品，不須貴重。行前（後天即陰曆十四）先行電知。三時十五分車，我自會到站相候。侍兒帶誰？此間一切當可舒服。餘話用電時再說。

娘請安。

摩摩　十三日

一九三一年六月十四日

我至愛的老婆：

先說幾件事，再報告來平後行蹤等情。第一，文伯怎麼樣了？我盼著你來信，他三弟想已見過，病情究有甚關係否？藥店裏有一種叫因陳，可煮當水喝，甚利於黃病。仲安確行，醫治不少黃病。他現在北平，伺候副帥。他回滬定為他調理如何？只是他是無家之人，吃中藥極不便，夢綠家或我家能否代煎？盼即來信。

第二是錢的問題，我是焦急得睡不著。現在第一盼望節前發薪，但即節前有，寄到上海，定在節後，而二百六十元期轉眼即到，家用開出支票，連兩個月房錢亦在三百元以上，節還不算。我不知如何彌補得來？借錢又無處開口。我這裏也有些書錢、車錢、賞錢，少不了一百元，真的躊躇極了。本想有外快來幫助，不幸目前無一事成功，一切飄在雲中，如何是好？錢是真可惡，來時不易，去時太易。我自陽曆三月起，自用不算，路費等等不算，單就付銀行及你的家用，已有二千零五十元。節上如再寄四百五十元，正合二千五百元，而到六月底還只有四個月，如連公債果能抵得四百元，那就有三千元光景，按五百元一月，應該盡有富餘，但內中不幸又夾有債項。你上節的三百元，我這節的二百六十元，就去了五百六十元，結果拮据得手足維艱。此後又已與老家說絕，緩急無可通融。我想想，我們夫妻倆真是醒起才是！若再因循，真不是道理。再說我原許你家用及特用每月以五百元為度，我本意教書而外，另有翻譯方面二百可得，兩樣合起，平均相近六百，總還易於維持。不想此半年各事顛倒，母親去世，我奔波往返，如同風裏篷帆。身不定，心亦不定，莎士比亞更如何譯得？結果僅有學校方面五百多，而第一個月又被扣了一半。眉眉親愛的，你想我在這情形下，張羅得苦不苦？同時你那裏又似乎連五百都還不夠用似的，那叫我怎麼辦？我想好好和你商量，想一長久辦法，省得拔腳窩腳，老是不得乾淨。家用方面，一是屋子，二是車子，三是廚房：這三樣都可以節省，照我想一切家用此後非節到每月四百，總是爲難。眉眉，你如能真心幫助我，應得替我想法子，我反正如果有餘錢，也決不自存。我靠薪水度日，當然夢想不到積錢，唯一希冀即是少債，債是一件degrading and humiliating thing㊿。眉，你得知道有時竟連最好朋友都會因此傷到感情的，我怕極了的。

寫至此，上沅夫婦來打了岔，一岔真岔到下午六時。時間真是不夠支配。你我是天成的一對，都是不懂得經濟，尤其是時間經濟。關於家務的節省，你得好好想一想，總得根本解決車屋廚房才是。我是星四午前到的，午後出門。第一看奚若，第二看麗琳叔華。叔華長胖了好些，說是個有孩子的母親，可以相信了。孩子更胖，也好玩，不怕我，我抱她半天。我近來也頗愛孩子。有伶俐相的，我真愛。我們自家不知到哪天有那福氣，做爸媽抱孩子的福氣。聽其自然是不成的，我們都得想法，我不知你肯不肯。我想你如果肯爲孩子犧牲一些，努力戒了煙，省得下來的是大煙裏。哪怕孩子長成到某種程度，你再吃。你想我們要有，也真是時候了。現在阿歡已完全與我不相干的了。至少我們女兒也得有一個，不是？這你也得想想。

星四下午又見楊今甫，聽了不少關於俞珊的話。好一位小姐，差些一個大學都被她鬧散了。梁實秋也有不少醜態，想起來還算咱們露臉，至少不曾鬧什麼話柄。夫人！你的大度是最可佩服的。北京最大的是清華問題，鬧得人人都頭昏。奚若今天走，做代表到南京，他許去上海來看你，你得約洵美請他玩玩。他太太也鬧著要離家獨立謀生去，你可以問問他。

星五午刻，我和羅隆基同出城。先在燕京，叔華亦在，從文亦在，我們同去香山看徽音。她還是不見好，新近又發了十天燒，人頗疲乏。孩子倒極俊，可愛得很，眼珠是林家的，臉盤是梁家的。昨在女大，中午叔華請吃鱘魚蜜酒，飯後談了不少話，吃茶。有不少客來，有Rose，熊光著腳不穿襪子，海也不回來了，流浪在南方已有十個月，也不知怎麼回事。她亦似乎滿不在意，真怪。昨晚與李大頭在公園，又去市場看王泊生戲，唱逍遙津，大氣磅礴，只是有氣少韻。座不甚佳，亦因配角太乏之故。今晚唱探母，公主爲一民國大學生，唱還對付，貌不佳。他想搭小翠花，如成，倒有希望叫座。此見下海亦不易。說起你們唱戲，現在我亦無所謂了。你高興，只有儔伴合式，你想唱無妨，但得顧住身體。此地也有捧雪豔琴的。有人要請你做文章。昨天我不好受，頭腹都不適。冰淇淋吃太多了。今天上午余家來，午刻在莎菲家，有叔華、冰心、今甫、性仁等，今晚上沅請客，應酬真煩人，但又不能不去。

說你的畫，叔華說原卷太差，說你該看看好些的作品。老金、麗琳張大了眼，他們說孩子是真聰明，這樣聰明是糟了可惜。他們總以爲在上海是極糟，已往確是糟，你得爭氣，打出一條路來，一鳴驚人才是。老鄧看了頗誇，他拿付裱，裱好他先給題，杏佛也答應題，你非得加倍用功小心，光娘的信到了，照辦就是。請知照一聲，虞裳一二五元送來否？也問一聲告我。我要走了，你得勤寫信。乖！

你的摩　十四日

一九三一年六月十六日自北平

愛眉：

昨天在Rose家見三伯母，她又罵我不搬你來；罵得詞嚴義正，我簡直無言答對！離家已一星期，你還無信，你忙些什麼？文伯怎樣了？此地朋友都極關切，如能行動，趕快北來，根本調理爲是。奚若已到南京，或去上海看他。節前盼能得到薪水，一有即寄銀行。

我家真算糊塗，我的衣服一共能有幾件？此來兩件單嗶嘰都不在箱內！天又熱，我只有一件白大褂，此地做又無錢，還有那件羽紗，你說染了再做的，做了沒有？

我要洵美（薑黃的）那樣的做一件。還有那疋夏布做兩件大褂，餘下有多，做衫褲，都得趕快做。你自己老爺的衣服，勞駕得照管一下。我又無人可商量的。做好立即寄來等穿，你們想必又在忙唱，唱是也得到北京來的。昨晚我看幾家小姐演戲，北京是演戲的地方，上海不行的，那有什麼法子！

今晚在北海，有金甫、老鄧、叔華、性仁，風光的美不可言喻。星光下的樹你見過沒有？還有夜鶯；但此類話你是不要聽的，我說也徒然。硤石有無消息，前天那飛信是否隔一天到？

你身體如何？在念。

摩　六月十六日

一九三一年六月二十五日

眉眉至愛：

第三函今晨送到。前信來後，頗愁你身體不好，怕又爲唱戲累壞。本想去電阻止你的，但日子已過。今見信，知道你居然硬撐了過去，可喜之至！好不好是不成問題，不出別的花樣已是萬幸。這回你知道了吧？每天貪吃楊梅荔枝，竟連嗓子都給吃扁了。一向擅場的戲也唱得不是味兒了。以後還聽不聽話？凡事總得有個節制，不可太任性。你年近三十，究已不是孩子，此後更當謹細爲是！目前你說你立志要學好一門畫，再見從前朋友：這是你的傲氣地方，我也懂得，而且同情。只是既然你專心而且誠意學畫，那就非得取法乎上，第一得眼界高而寬。上海地方氣魄終究有限。瑞午老兄家的珍品恐怕靠不住的居多。我說了，他也許有氣。這回帶來的畫，我也不曾打開看。此地叔存他們看見，都打哈哈！笑得我臉紅。尤其他那別出心裁的裝潢，更教他們搖頭。你臨的那幅畫也不見得高明。不過此次自然是我說明是爲騙外國人的。也是我太托大。事實上，北京幾個外國朋友看中國東西就夠刁的。畫當然全部帶回。娘的東西如要全部收回，亦可請來信提及，當照辦！他們看來，就只一個玉瓶，一兩件瓷還可以，別的都無多希望。少麻煩也好，我是不敢再瞎起勁的了！

再說到你學畫，你實在應得到北京來才是正理。一個故宮就夠你長年揣摹。眼界不高，腕下是不能有神的。憑你的聰明，決不是臨摹就算完畢事。就說在上海，你也得想法去多看佳品。手固然要勤，腦子也得常轉動，才能有趣味發生。說回來，你戀土重遷是真的。不過你一定要堅持的話，我當然也只能順從你；但我既然決在北大做教授，上海現時的排場我實在擔負不起。夏間一定得想法佈置。你也得原諒我。我一人在此，亦未嘗不無聊，只是無從訴說。人家都是團圓了。叔華已得了通伯，徽音亦有了思成，別的人更不必說常年常日不分離的。就是你我，一南一北。你說是我甘願離南，我只說是你不肯隨我北來。結果大家都不得痛快。但要彼此遷就的話，我已在上海遷就了這多年，再下去實在太危險，所以不得不猛省。我是無法勉強你的；我要你來，你不肯來，我有什麼法想？明知勉強的事是不徹底的；所以看情形，恐怕只能各是其是。只是你不來，我全部收入，管上海家尙慮不足。自己一人在此，決無希望獨立門戶。胡家雖然待我極好，我不能不感到寄人籬下，我真也不知怎樣想才好！

我月內決不能動身。說實話，來回票都賣了墊用。這一時借錢度日。我在托歆海替我設法飛回。不是我樂意冒險，實在是爲省錢。況且歐亞航空是極穩定的，你不必過慮。

說到衣服，真奇怪了。箱子是我隨身帶的。娘親手理的滿滿的，到北京才打開。大褂只有兩件：一件新的白羽紗；一件舊的厚藍嗶嘰。人和那件方格和折夾做單的那件條子都不在箱內，不在上海家裏在哪裡？準是荷貞糊塗，又不知亂塞到哪裡去了！

如果牯嶺已有房子，那我們準定去。你那裏著手準備，我一回上海就去。只是錢又怎麼辦？說起你那公債到底押得多少？何以始終不提？

你要東西，吃的用的，都得一一告知我，否則我怕我是笨得於此道一無主意！

你的畫已經裱好，很神氣的一大卷。方才在公園，王夢白、楊仲子諸法家見我挾著卷子，問是什麼精品？我先請老鄉題，此外你要誰題，可點品，適之要否？

我這人大約一生就爲朋友忙！來此兩星期，說也慚愧，除了考試改卷算是天大正事，此外都是朋友，永遠是朋友。楊振聲忙了我不少時間，叔華、從文又忙了我不少時間，通伯、思成又是，蔡先生，錢昌照（次長）來，又得忙配享。還有洋鬼子！說起我此來，舞不曾跳，窯子倒去過一次，是老鄧硬拉去的。再不去了，你放心！

杏子好吃，昨天自己爬樹，採了吃，樹頭鮮，才叫美！

你務必早些睡！我回來時再不想熬天亮！我今晚特別想你，孩子，你得保重才是。

你的親摩　六月二十五日

一九三一年七月四日自北平

愛眉：

你昨天的信更見你的氣憤，結果你也把我氣病了。我愁得如同見鬼，昨晚整宵不得睡。乖！你再不能和我生氣。我近幾日來已爲家事氣得肝火常旺，一來就心煩意躁，這是我素來沒有的現象。

在這大熱天，處境已經不順，彼此再要生氣，氣成了病，那有什麼趣味？去年夏天我病了有三星期，今年再不能病了。你第一不可生氣，你是更氣不動。我的愁大半是爲你在愁，只要你說一句達觀話，說不生我氣，我心裏就可舒服。

乖！至少讓我倆心平意和的過日子，老話說得好，逆來要順受。我們今年運道似乎格外不佳。我們更當謹慎，別帶壞了感情和身體。我先幾信也無非說幾句牢騷話，你又何必認真，我歷年來還不是處處依順著你的。我也只求你身體好，那是最要緊的。其次，你能安心做些工作。現在好在你已在畫一門尋得門徑，我何嘗不願你竿頭日進。你能成名，不論哪一項都是我的榮耀。即如此次我帶了你的卷子到處給人看，有人誇，我心裏就喜，還不是嗎？一切等到我到上海再定奪。天無絕人之路，我也這麼想，我計算到上海怕得要七月十三四，因爲亞東等我一篇《醒世姻緣》的序，有一百元酬報，我也已答應，不能不趕成，還有另一篇文章也得這幾天內趕好。

文伯事我有一函怪你，也錯怪了。慰慈去傳了話，嚇得文伯長篇累牘的來說你對他一番好意的感激話。適之請他來住。我現在住的西樓。

老金他們七月二十離北平，他們極抱憾，行前不能見你。小葉婚事才過，陳雪屏後天又要結婚，我又得相當幫忙。上函問向少蝶幫借五百成否？

竟處如何？至念。我要你這樣來電，好叫我安心（**北平電報掛號**）：「董胡摩慰即回眉」七個字，花大洋七毛耳。祝你好。

摩親吻　四日

一九三一年七月八日自北平

愛妻小眉：

真糟，你花了三角一分的飛快，走了整六天才到。想是航空、鐵軌全叫大水沖昏了，別的倒不管，只是苦了我這幾天候信的著急！

我昨函已詳說一切，我真的恨不得今天此時已到你的懷抱——說起咱們久別見面，也該有相當表示，你老是那坐著躺著不起身，我枉然每回想張開胳膊來抱你親你，一進家門，總是掃興。我這次回來，咱們來個洋腔，抱抱親親如何？這本是人情，你別老是說那是湘眉一種人才做得出。就算給我一點滿足，我先給你商量成不成？我到家時刻，你可以知道，我即不想你到站接我，至少我亦人情的希望，在你容顏表情上看得出對我一種相當的熱意。

更好是屋子裏沒有別人，彼此不致感受拘束。況且你又何嘗是沒有表情的人？你不記得我們的「翡冷翠的一夜」在松樹七號牆角裏親別的時候？我就不懂何以做了夫妻，形跡反而得往疏裏去！那是一個錯誤。我有相當情感的精力，你不全盤承受，難道叫我用涼水自澆身？我錢還不曾領到，我能如願的話，可以帶回近八百元，墊銀行空尚勉強，本月用費仍懸空，怎好？

我遵命不飛，已定十二快車，十四晚可到上海。記好了！連日大雨，全城變湖，大門都出不去。明日如晴，先發一電安慰你。乖！我只要你自珍自愛，我希望到家見到你一些歡容，那別的困難就不難解決。請即電知文伯，慰慈，盼能見到！娘好否？至念！

你的鞋花已買，水果怕不成。我在狠命寫《醒世姻緣》序，但筆是禿定的了，怎樣好？詩倒做了幾首，北大招考，尙得幫忙。

老金、麗琳想你送畫，他們二十走，即寄尙可及。

楊宗翰（字伯屏）也求你畫扇。

你的親摩　七月八日

一九三一年十月一日自北平

寶貝：

一轉眼又是三天。西林今日到滬，他說一到即去我家。水果恐已不成模樣，但也是一點意思。文伯去時，你有石榴吃了。他在想帶些什麼別致東西給你。你如想什麼，快來信，尙來得及。你說要給適之寫信，他今日已南下，日內可到滬。他說一定去看你。你得客氣些，老朋友總是老朋友，感情總是値得保存的。你說對不？少蝶處五百兩，再不可少，否則更僵。原來他信上也說兩，好在他不在這「兩」「元」的區別，而於我們卻有分寸：可老實對他說，但我盼望這信到時，他已爲我付銀行。請你寫個條子叫老何持去興業（靜安寺路）銀行，問錫璜，問他我們帳上欠多少？你再告訴我，已開出節帳，到哪天爲止，共多少？連同本月的房錢一共若干？還有少蝶那筆錢也得算上。如此連家用到十月底尙須歸清多少，我得有個數。帳再來設法彌補。你知道我一連三月，共須扣去三百元。大雨⑥⑤那裏共三百元，現在也是無期擱淺。真是不了。你愛我，在這窘迫時能替我省，我真感謝。我但求立得直，否則以後即要借錢也沒有路了，千萬小心。我這幾天上課應酬忙。我來說給你聽：星一晚上有四個飯局之多。南城、北城、東城都有，奔煞人。星二徽音山上下來，同吃中飯，她已經胖到九十八磅。你說要不要靜養，我說你也得到山上去靜養，才能真的走上健康的路。上海是沒辦法的。我看樣子，徽音又快有寶寶了。

星二晚，適之家餞西林行，我凍病了。昨天又是一早上課。飯後王叔魯約去看房子，在什方院。我和慰慈同去。房子倒是全地板，又有澡間；但院子太小，恐不適宜，我們想不要。並且你若一時不來，我這裏另開門戶，更增費用，也不是道理。關了房子，去協和，看奚若。他的腳病又發作了，不能動，又得住院兩星期，可憐！晚上，□□⑥⑥等在春華樓爲適之餞行。請了三四個姑娘來，飯後被拉到胡同。對不住，好太太！我本想不去，但□□說有他不妨事。□□病後性欲大強，他在老相好鶼鶼外又和一個紅弟老七生了關係。昨晚見了，肉感頗富。她和老三是一個班子，兩雌爭□□，醋氣勃勃，甚爲好看。今天又是一早上課，下午睡了一晌。五點送適之走。與楊亮功、慰慈去正陽樓吃蟹、吃烤羊肉。八時又去德國府吃飯，不想洋鬼子也會逛胡同，他們都說中國姑娘好。乖，你放心！我決不拈花惹草。女人我也見得多，誰也沒有我的愛妻好。這叫做曾經滄海難爲水，除卻巫山不是雲。我每天每夜都想你。一晚我做夢，飛機回家，一直飛進你的房，一直飛上你的床，小鳥兒就進了窠也，美極！可惜是夢。想想我們少年夫妻分離兩地，實在是不對。但上海決不是我們住的地方。我始終希望你能搬來共同享些閒福。北京真是太美了，你何必沾戀上海呢？大雨的事弄得極糟。他到後，師大無薪可發，他就發脾氣，不上課，退還聘書。他可不知道這並非虧待他一人，除了北大基金教授每月領薪，此外人人都得耐心等。今天我勸了他半天，他才答應去上一星期的課；因爲他如其完全不上課，那他最初領的一二百元都得還，那不是更糟。他現住歐美同學會，你來個信勸勸他，好不好？中國哪比得外國，萬事都得將就一些。你說是不是？奚若太太一件衣料，你得補來，托適之帶，不要忘了。她在盼望。再有上月水電，我確是開了。老何上來，從筆筒下拿去了；我走的那天或是上一天，怎說沒有？老太爺有回信沒有？我明天去燕京看君勱。我要睡了。乖乖！

我親吻你的香肌。

你的「愚夫」摩摩　十月一日

一九三一年十月十日自北平

愛眉親親：

你果然不來信了！好厲害的孩子，這叫做言出法隨，一無通融！我拿信給文伯看了，他哈哈大笑；他說他見了你，自有話說。我只托他帶一匣信箋，水果不能帶，因爲他在天津還要住五天，南京還要耽擱。葡萄是擱不了三天的。石榴，我關照了義茂，但到現在還沒有你能吃的來。胡重的東西要帶，就得帶真好的。乖！你候著吧，今年總叫你吃著就是。前晚，我和袁守和、溫源寧在北平圖書館大請客；我說給你聽聽，活像耍猴兒戲，主客是Laloy和Elie Faure兩個法國人，陪客有Reclus Monastíere、小葉夫婦、思成、玉海、守和、源寧夫婦、周名洗七小姐、蒯叔平女教授、大雨（見了Roes就張大嘴！）陳任先、梅蘭芳、程豔秋一大群人，Monastíere還叫照了相，後天寄給你看。我因爲做主人，又多喝了幾杯酒。你聽了或許可要罵，這日子還要吃喝作樂。但既在此，自有一種Social duty，人家來請你加入，當然不便推辭，你說是不？

Elie Faure老頭不久到上海；洵美請客時，或許也要找到你。俞珊忽然來信了，她說到上海去看你。但怕你忘記了她。我真不知道她到底是怎麼回事，希望你見面時能問她一個明白。她原信附去你看。說起我有一晚鬧一個笑話，我說給你聽過沒有？在西興安街我見一個車上人，活像俞珊。車已拉過頗遠，我叫了一聲，那車停了；等到拉攏一看，哪是什麼俞珊，卻是曾語兒。你說我這近視眼可多樂！

我連日早睡多睡，眼已漸好，勿念。我在家尚有一副眼鏡。請適之帶我爲要。娘好嗎？三伯母問候她。

摩吻　十月十日

一九三一年十月二十二日

昨下午去麗琳處，晤奚若、小葉、端升，同去公園看牡丹。風雖暴，尚有可觀者。七時去車站，接歆海、湘玫，飯後又去公園，花畔有五色玻璃燈，倍增穠豔。芍藥尚未開放，然已苞綻盈盈，嬌紅欲吐，春明花事，真大觀也。十時去北京飯店，無意中遇到一人。你道是誰？原來俞珊是也。病後大肥，肩膀奇闊，有如拳師，脖子在有無之間。因彼有伴，未及交談，今日亦未通問，人是會變的。昨晚咳嗆，不能安睡，甚苦。今晨遲起。下午偕歆海去三殿，看字畫；滿目琳琅。下午又在麗琳處茶敘，又東興樓飯。十一時回寓，又與適之談。作此函，已及一時，要睡矣，明日再談。昨函諸事弗忘。

摩

一九三一年十月二十二日

愛眉：

我心已被說動，恨不得此刻已在家中！

但手頭無錢，要走可得負債。如其再來一次偷雞蝕米，簡直不了。所以我再得問你，我回去是否確有把握？果然，請來電如下：

「董北平徐志摩，事成速回」
我就立刻走，日期遲至下星期四（二十九）不妨，最好。否則我星六（二十四）即後日下午五時車走亦可。但來電須得信即發，否則要遲到星四矣。

摩　二十二日

一九三一年十月二十三日自北平

今天正發出電報，等候回電，預備走。不想回電未來，百里卻來了一信。事情倒是纏成個什麼樣子？是誰在說競武肯出四萬買，那位「趙」先生肯出四萬二的又是誰？看情形，百里分明聽了日本太太及旁人的傳話，竟有反悔成交的意思。那不是開玩笑了嗎？爲今之計，第一先得競武說明，並無四萬等價格，事實上如果他轉賣出三萬二以上，也只能算作佣金，或利息性質，並非少蝶一過手即有偌大利益。百里信上要去打聽市面，那倒無妨。我想市面決不會高到哪裡去。但這樣一岔，這樁生意經究竟著落何處，還未得知。我目前貿然回去，恐無結果；徒勞旅費，不是道理。

我想百里既說要去打聽振飛，何妨請少蝶去見振飛，將經過情形說個明白。振飛的話，百里當然相信。並且我想事實上百里以三萬二千元出賣，決不吃虧。他如問明市價，或可仍按原議進行手續，那是最好的事；否則就有些頭緒紛繁了。

至於我回去問題，我哪天都可以走，我也極想回去看看你，但問題在這筆旅費怎樣報銷，誰替我會鈔。我是窮得寸步難移；再要開窟窿，簡直不了，你是知道的，（大雨擱淺，三百渺渺無期。㊿）所以只要生意確有希望，錢不愁落空，那我何樂不願意回家一次，但星六如不走，那就得星四（十月二十九）再走（功課關係）。你立即來信，我候著！

摩摩　星五

一九三一年十月二十九日

致愛妻眉：

今天是九月十九日，你二十八年前出世的日子，我不在家中，不能與你對飲一杯蜜酒，為你慶祝安康。這幾日秋風淒冷，秋月光明，更使遊子思念家庭。又因為歸思已動，更覺百無聊賴，獨自惆悵。遙想閨中，當亦同此情景。今天洵美等來否？也許他們不知道，還是每天似的，只有瑞午一人陪著你吞吐煙霞。㊳

眉愛，你知我是怎樣的想念你！你信上什麼「恐怕成病」的話，說得閃爍，使我不安。終究你這一月來身體有否見佳？如果我在家你不得休養，我出外你仍不得休養，那不是難了嗎？前天和奚若談起生活，為之相對生愁。但他與我同意，現在只有再試試，你同我來北平住一時，看是如何。你的身體當然宜北不宜南！

愛，你何以如此固執，忍心和我分離兩地？上半年來去頻頻，又遭大故，倒還不覺得如何。這次可不同，如果我現在不回，到年假尙有兩個多月。雖然光陰易逝，但我們恩愛夫妻，是否有此分離之必要？眉，你到哪天才肯聽從我的主張？我一人在此，處處覺得不合式；你又不肯來，我又爲責任所羈，這眞是難死人也！

百里那裏，我未回信，因爲等少蝶來信，再作計較。競武如果虛張聲勢，結果反使我們原有交易不得著落，他們兩造，都無所謂；我這千載難逢的一次外快又遭打擊，這我可不能甘休！競武現在何處，你得把這情形老實告訴他才是。

你送興業五百元是哪一天？請即告我。因爲我二十以前共送六百元付帳，銀行二十三來信，尙欠四百元，連本月房租共欠五百有餘。如果你那五百元是在二十三以後，那便還好，否則我又該著急得不了了！請速告我。

車怎樣了⑳？絕對不能再養的了！

大雨家貝當路那塊地立即要出賣，他要我們給他想法。他想要五萬兩，此事瑞午有去路否？請立即回信，如瑞午無甚把握，我即另函別人設法。事成我要二厘五的一半。如有人要，最高出價多少，立即來信，賣否由大雨決定。

明天我叫圖南匯給你二百元家用（十一月份），但千萬不可到手就寬，我們的窮運還沒有到底；自己再不小心，更不堪設想。我如有不花錢飛機坐⑳，立即回去。不管生意成否。

我眞是想你，想極了。

摩吻　十月二十九日

注釋

①即《無名的裘德》。
②Nora，即娜拉，易卜生劇作《玩偶之家》中的女主角。
③徐志摩與陸小曼相愛的事，在陸的丈夫王賡知情以後，二人處於非常尷尬難堪的境地。一九二五年初正巧泰戈爾寫信給徐志摩，約他去義大利會晤，於是這年三月徐就走上了歐遊之途。信中所說：「這次想出去……」即指這次旅歐之行，「老翁的信」即指泰戈爾的來信。
④一種藥物。
⑤怪念頭。
⑥經西伯利亞。
⑦徐申如，徐志摩的父親。
⑧即金農（1687-1763），清代書畫家「揚州八怪」之一。
⑨指徐志摩的前妻張幼儀。當時在柏林留學。
⑩指印度詩人泰戈爾。他與徐志摩約定在義大利見面。
⑪「C女士」指徐志摩的前妻張幼儀。一九二一年徐結識了林徽因，瘋狂地向她求愛。林提出徐必

先離婚才能與之相愛。為了贏得林的愛情，徐志摩在妻子生下第二個孩子德生（又名彼得，生於柏林，一九二五年因病死在柏林。）後不到一月與張離婚。兩人離婚後，仍通訊不斷。

⑫即蜜桃麵包。

⑬即約翰・巴里摩主演的《哈姆雷特》。

⑭通譯羅傑・弗賴（1866-1934），英國畫家，以美術評論著稱。

⑮通譯亞瑟・韋利（1889-1966），英國漢學家，漢語和日語翻譯家。

⑯即義大利的西西里。

⑰美國富孀，曾贊助泰戈爾實驗農村復興計畫。

⑱即「孩子氣的東西。」

⑲即歌劇《特里斯丹和伊索德》。

⑳當時從中國往歐洲寄信，經由西伯利亞鐵路較海路快。

㉑大意為，「哦，來吧！愛人！堅持你的激情，讓我們的愛情獲勝；我們不能再忍受這樣的墮落和羞辱了。」

㉒「奇士林」和後文中的「正昌」均為天津飯館的字號。

㉓即張彭春。他是張伯苓的胞弟。

㉔指北京石虎胡同七號的松坡圖書館。

㉕即英國小說家毛姆的《雨》。

㉖即張幼儀。徐志摩與她離婚後，徐的父母將她收為養女，徐此次南歸係與張約定來硤石家中與父母商議大小家務事宜。

㉗譚宜孫，通譯丁尼生（1809-1892），英國維多利亞時代詩人，「燕兒歌」是他的長詩《公主》中的一首抒情詩。

㉘亦指張幼儀。當時她在北京。

㉙一九二六年初，英國國會通過退還中國庚子賠款議案，派斯科塞爾（W.E.Scothll）來華制定該款使用細則。當時，胡適是「中英庚款顧問委員會」中方顧問，正在上海等候斯科塞爾。

㉚「小歡」指徐與前妻張幼儀所生的兒子積鍇。

㉛張幼儀的哥哥，後來是民社黨主席。

㉜指王賡（受慶）。陸小曼的前夫。

㉝即張嘉璈。曾任中國銀行行長，抗戰時任國民政府交通部長。他是張幼儀的哥哥。

㉞指鄭振鐸。當時在上海主編《小說月報》。

㉟是指對離婚後，張幼儀與徐家的關係，兒子積鍇的撫養監護、家產分配等家庭大事，徐志摩同他父親商決的正式談話。

㊱徐志摩的父親徐申如在家鄉硤石建造新宅時，恰與徐陸婚事將成的日期巧合，於是確定了新宅中徐

陸的住房。徐陸戀愛初時，雙方父母均反對，後經多方斡旋，徐家提出三個條件：一、結婚費用自理；二、必須請梁啟超證婚；三、婚後與翁姑同居硤石。徐志摩未敢違抗父命，只得全部應允。

㊲即丁文江（1887-1936），地質學家，早年留學日本、英國、法國，民國初年任北大教授和地質調查所所長。

㊳即蔡元培。原任北京大學校長，一九二三年因北洋政府教育總長彭允彝干涉司法一事憤而辭職，申言與當局不合作。當時正在賦閒中。

㊴小張，指張學良。徐志摩想通過湯爾和的關係搭乘張學良的專機飛往南京，再轉車回上海。此時徐志摩和陸小曼的家安在上海。

㊵指一九二八年五月三日「濟南慘案」後，日軍不斷在山東、平津等地的尋釁活動。

㊶是徐志摩在上海開設的一家雲裳服裝公司。

㊷即「經由溫哥華」。

㊸即「退休的竊賊」。

㊹即僕役。

㊺《卞昆岡》是徐志摩與陸小曼合著的一部劇本。

㊻社交名媛。

㊼即「清倉拍賣」。

㊽即八大山人，名朱耷，明代畫家。
㊾即「徐小曼太太」，這裏按英語習慣，婦從夫姓。
㊿收藏品。
51意即應召女郎。
52Sidebottom這名字與英語食器櫃一詞Sideboard讀音相近。
53指泰戈爾。
54「協和」即北京協和醫院。「思成」即梁思成，梁啟超長子。「梁先生」指梁啟超。梁啟超此次病篤不起，稍後於一九二九年一月十五日逝世。
55即梁啟超長女令嫻。
56指梁思成的夫人林徽因（原名徽音）。林在二十年初曾隨其父林長民去英國留學，徐志摩當時曾瘋狂地向她求愛。
57「祖望」，胡適之子。
58即上海大夏大學。徐志摩曾在該校兼課。
59即鄭孝胥（1860-1938），晚清遺老，當時在京居閒。
60一九三〇年冬，徐志摩「曾到瀋陽探林徽因的病，……後來林遵志摩的意思，回到北京養病，於是徐志摩就住在她家中。」（陳從周《徐志摩年譜》）至第二年春，林在北京香山療養肺病，梁思成在東北大學任教，徐有時去探望林。由於過去徐曾經向林熱烈求愛，外界遂有「浮言」流傳，以此引起陸小曼不悅，嘲諷徐志摩伺候病中的林徽因，徐不得不屢次婉言對陸剖白解釋。

㉑意為：「我可能沒有像以前那樣熱烈地愛你，但這些年來我愛你愛得更誠摯，希望短暫的分離能使我倆再度迸發熱烈的愛，甘心為對方獻身！」

㉒即「有勇氣」。

㉓徐志摩因母病，從北京回硤石侍候，其母之後在同月廿三日去世。

㉔意為「使人難堪和丟臉的事情」。

㉕指孫大雨（子潛）。

㉖此兩字原文不清，下亦同。

㉗指徐志摩借給孫大雨的三百元尚無歸還的希望。

㉘翁瑞午在徐志摩死前一兩年間，不僅是徐家日夕出入的座上客，而且是經常陪伴陸小曼一起吸食鴉片的煙侶，因而當時社會上乃有二人關係曖昧的「浮言」流傳。

㉙徐志摩因入不敷出，要求陸小曼不能再繼續包養黃包車和車夫。

㉚徐志摩為經濟困窘所迫，雖屢屢哀求陸小曼移居北平而不得，只得時時奔波於平滬間。為了節省路費，所以日夕不忘取得免費的機票，不料即因「有不花錢的飛機坐」，竟在寫過此信不久的一九三一年十一月十九日遇空難而喪生。

眉軒瑣語

八月

去年的八月：在苦悶的齒牙間過日子；一整本嘔心血的日記，是我給眉的一種禮物，時光改變了一切，卻不會抹煞那一點子心血的痕跡，到今天回看時，我心上還有些怔怔的。日記是我這輩子——我不知叫它什麼好，——每回我心上覺著晃動，口上覺著苦澀，我就想起它。現在情景不同，不僅臉上笑容多，心花也常常開著的。我們平常太容易訴愁訴苦了，難得快活時，倒反不留痕跡。我正因爲珍視我這幾世修來的幸運，從苦惱的人生中掙出了頭，比做一品官，發百萬財，乃至身後上天堂，都來得寶貴，我如何能噤默。人說詩文窮而後工，眉也說我快活了做不出東西，我卻老大的不信，我要做幾個樣兒給他們看看——快活人也儘有有出息的。

頃翻看宗孟遺墨，如此靈秀，竟遭橫折，憶去年八月間（夏曆六月十七日）宗孟來，挈眉與我同遊南海，風光談笑，宛在目前，而今不可復得，悵惘何可勝言。

去年今日自香山歸，心境殊不平安，記如下：「香山去只增添，加深我的懊喪與惆悵，眉眉，沒有一分鐘過去不帶著想你的癡情。眉，上山，聽泉，折花，眺遠，看星，獨步，嗅草，捕蟲，尋夢——哪一處沒有你，眉，哪一處不惦著你，眉，哪一個心跳不是爲著你，眉！」另一段：「這時候各人有各人的看法……有絕對懷疑的，有相對懷疑的；有部分同情的；有完全同情的（那很少，除是老金）；有嫉忌的；有陰謀破壞的（那最危險）；有肯積極助成的；有願消極幫忙的……都有。但是，眉眉聽著，一切都跟著你我自身走；只要你我有志氣，有意志，有勇敢，加在一個真的情愛上，什麼事不成功，真的！」這一年來高山深谷，深谷高山，好容易走上了平陽大道，但君子居安不忘危，我們的前路，難保不再有阻礙，這輩子日子長著哩。但是去年今天的話依舊合用：「只要你我有意志，有志向，有勇氣，加在一個真的情愛上，什麼事不成功，真的。」

這本日記，即使每天寫，也怕至少得三個月才寫得滿，這是說我們的蜜月也包括在內了。但我們為什麼一定得隨俗說蜜月？愛人們的生活哪一天不是帶蜜性的，雖則這並不除外苦性？彼此的真相知，真了解，是蜜性生活的條件與秘密，再沒有別的了。

九月十日

國民飯店三十七號房：眉去息遊別墅了，仲述一忽兒就來。方才念著莎士比亞Like as the waves make toward the pebbled shore①那首嘆光陰的《桑內德》，尤其是末尾那兩行，使我憬然有所動於中，姑且翻開這冊久經疏忽的日記來，給收上點兒糟粕的糟粕吧。小德小惠，不論多麼小，只要是德是惠，總是有著落的；華茨華斯所謂Little Kindnesses別輕視它們，它們各自都替你分擔著一部分，不論多微細，人生壓迫性的重量。「我替你拿一點吧，你那兒太沉了」，他即使在事實上並沒有替你分勞，（不是他不，也不是你不讓：就為這勞是不能分的。）他說這話就夠你感激。

昨天離北京，感想比往常的迥絕不同。身邊從此有了一個人——究竟是一件大事情，一個大分別；向車外望望，一群笑容往上仰的可愛的朋友們的臉盤，回身看看，挨著你坐著的是你這一輩子的成績，歸宿。這該你得意，也該你出眼淚，——前途是自由吧？為什麼不？

九月十九日

今天是觀音生日，也是我眉兒的生日，回頭家裡幾個人小敘，吃齋吃麵。眉因昨夜車險吃嚇，今朝還有些怔怔的，現在正睡著，歇忽兒也該好了。昨晚菱清說的話要是對，那眉兒你且有得小不舒泰哪。

這年頭大徹大悟是不會有的，能有的是平旦之氣發動的時候的一點子「內不得於已」。德生看相後又有所憬惕於中，在戲院中就發議論，一夜也沒有睡好。清早起來就寫信給他忘年老友霍爾姆士，他那誠摯激奮的態度，著實使我感動。「我喜歡德生」，老金說，「因為他裏面有火」。霍爾姆士一次信上也這麼說來。

德生說我們現在都在墮落中，這樣的朋友只能叫做酒肉交，彼此一無靈感，一無新生機，還談什麼「作為」，什麼事業。

蜜月已經過去，此後是做人家的日子了。回家去沒有別的希冀，除了清閒，譯書來還債是第一件事，此外就想做到一個養字。在上養父母（精神的，不是物質的），與眉養我們的愛，自已養我的身與心。

首次在滬杭道上看見黃熟的稻田與錯落的村舍在一碧無際的天空下靜著，不由的思想上感著一種解放：何妨赤了足，做個鄉下人去，我自己想。但這暫時是做不到的，將來也許真有「退隱」的那一天。現在重要的事情是，前面說過的養字，對人對己的盡職，我身體也不見佳，像這樣下去決沒有餘力可以做事，我著實有了覺悟，此去鄉下，我想找點兒事做。我家後面那園，現在糟得不堪，我想去收拾它，好在有老高與家麟幫忙，每天花它至少兩個鐘頭，不是自己動手就督飭他們弄乾淨那塊地，愛種什麼就種什麼，明年春天可以看見自己手種的花，明年秋天也許可以吃到自己手植的果，那不有意思？至於我的譯書工作我也不奢望，每天只想出產三千字左右，只要有恆，三兩月下來一定很可觀的。三千字可也不容易，至少也得花上五六個鐘頭，這樣下來已經連念書的時候都叫侵了。

十二月二十七日②

我想在冬至節獨自到一個偏僻的教堂裡去聽幾折聖誕的和歌，但我卻穿上了臃腫的袍服上舞台去串演不自在的「腐」戲。我想在霜濃月澹的冬夜獨自寫幾行從性靈暖處來的詩句，但我卻跟著人們到塗蠟的跳舞廳去艷羨仕女們發金光的鞋襪。

十二月二十八日

投資到「美的理想」上去，它的利息是性靈的光彩，愛是建設在相互的忍耐與犧牲上面的。

送曼年禮——曼殊斐爾的日記，上面寫著「一本純粹性靈所產生，亦是為純粹性靈而產生的書。」——一九二七：一個年頭你我都著急要它早些完。

讀高爾士華綏的《西班牙的古堡》。

麥雷的Adelphi月刊已由九月起改成季刊。他的還是不懈的精神，我怎不愧憤？

再過三天是新年，生活有更新的希望不？

一九二七年一月一日③

願新的希望，跟著新的年產生，願舊的煩悶跟著舊的年死去。

《新月》決定辦，曼的身體最叫我愁。一天二十四小時，她沒有小半天完全舒服，我沒有小半天完全定心。

給我勇氣，給我力量，天！

一月六日

小病三日，拔牙一根，吃藥三煎。睡昏昏不計鐘點，亦不問晝夜。乍起怕冷貪懶，東偎西靠，被小曼逼下樓來，穿大皮袍，戴德生有耳大毛帽，一手托腮，勉強提筆，筆重千鈞，新年如此，亦苦矣哉。

適之今天又說這年是個大轉機的機會。為什麼？

各地停止民眾運動，我說政府要請你出山，他說誰說的，果然的話，我得想法不讓他們發表。

輕易希冀輕易失望同是淺薄。

費了半個鐘頭才洗淨了一枝筆。

男子只有一件事不知厭倦的。

女人心眼兒多，心眼兒小，男人聽不慣她們的說話。

對不對像是分一個糖塔餅，永遠分不淨勻。

愛的出發點不定是身體，但愛到了身體就到了頂點。厭惡的出發點，也不一定是身體，但厭惡到了身體也就到了頂點。

梅勒狄斯寫Egoist，但這五十年內，該有一個女性的Sir Willoughby出現。

最容易化最難化的是一樣的東西——女人的心。

朋友走進你屋子東張西望時，他不是誠意來看你的。

懷疑你的一到就說事情忙趕快得走的朋友。

老傅來說我下回再有詩集他替作序。

過去的日子只當得一堆灰，燒透的灰，字跡都見不出一個。

我惟一的引誘是佛，它比我大得多，我怕它。

今年我要出一本文集一本詩集一本小說兩篇戲劇。

正月初七稱重一百三十六磅（連長毛皮袍），曼重九十。

昨夜大雪，瑞午家初次生火。

頃立窗間，看鄰家園地雪意。轉瞬間憶起貝加爾湖雄踞群峰。小瑞士岩稿梨蓼湖上的少女和蘇格蘭的霧態。

二月八日

悶極了，喝了三杯白蘭地，昨翻哈代的《對月》，現在想譯他的《瞎了眼的馬》，老頭難得讓他的思想往光亮處轉，如在這首詩裏。

天是在沉悶中過的，到哪兒都覺得無聊，冷。

三月十七日

清明日早車回硤石，下午去蔣姑母家。次晨早四時復去送除幃。十時與曼坐小船下鄉去沈家濱掃墓，採桃枝，摘薰花菜，與鄉下姑子拉雜談話。陽光滿地，和風滿裾，致足樂也。下午三時回硤，與曼步行至老屋，破亂不堪，甚生異感。淼侄頗秀，此子長成，或可繼一脈書香也。

次日早車去杭，寓清華湖。午後到即與瑞午步遊孤山。偶步山後，發現一水潭浮紅漲綠，儼然織錦，陽光自林隙來，附麗其上，益增娟媚。與曼去三潭印月，走九曲橋，吃藕粉。

三月十八日

次日遊北山，西泠新塔殊陋。玉泉魚似不及前肥。曼告奮勇，自靈隱捷步上山，達韜光，直登觀潮亭，擷一茶花而歸。冷泉亭大吃辣醬豆腐干，有掛香袋老婆子三人，即飛來峰下揭裙而私，殊褻。

與瑞議月下遊湖，登峰看日出，不及四時即起。約仲齡父子同下湖而月已隱。雲暗木黑，涼露沾襟，則扣舷雜唱；未達峰，東方已露曉，雨亦涔涔下。瑞欲縮歸，扶之赴峰，直登初陽台，瑞色蒼氣促，即石條捲臥如蝟，因與仲齡父子捷足攀上將軍嶺，望寶俶南山北山，皆奧昧入雲，不可辨識。驟雨欲來，俯視則雙堤盡水，樹影可鑒，阮墩龍珠圓翠繞，瀲灩湖心，雖不見初墩，亦足豪已。既吐納清高，急雨已來，遙見黃狗四條，施施然自東而西，步武井然，似亦取途初陽自矜逸興者，可噱也。因雨猛，趨山半亭小憩看雨，帶來白玫瑰一瓶，無杯器，則即擎瓶直倒，引吭而歌，殊樂。忽舉頭見亭顏懸兩聯，有「雨後山光分外清」句，共訝其巧合。繼拂碑看字，則爲瑞午尊人手筆，益喜，因摹幾字攜歸，亦一紀念。

下山在新新早餐，回寓才八時。十時過養默來，而雨注不停，曼頗不餒，即命輿出遊。先弔雷峰遺跡，冒雨躋其顛而賞景焉。繼至白雲庵拜月老求籤。翁家山石屋小坐，即上煙霞，素餐至佳，飯畢已三時。天時冥晦，雨亦弗住，顧遊興至感勃勃，翻嶺下龍井，時風來驟急，揭瑞輿頂，夫子幾仆。龍井已十年不到，泉清林旺，福地也。自此轉入九溪，如入仙境，翠嶺成屏，茶叢嫩芽初吐，鳴禽相應，婉轉可聽。尤可愛者則滿山杜鵑花，鮮紅照眼，如火如荼，曼不禁狂喜，急呼采采。邁步上坡，躓亦弗顧，卒集得一大束，插戴滿頭。抵理安天已陰黑，楠林深鬱，高插雲天，到此吐納自清，胸襟解豁。有身長眉秀之僧人自林裏走出，殷勤招待客人入寺吃茶，以天晚辭去，寺前新矗一董太夫人經塔，奇醜，最煞風景，此董太夫人該入地獄。回寓已七時半。

適之遊廬山三日，作日記數萬言，這一個「勤」字亦自不易。他說看了江西內地，得一感想，女性的醜簡直不是個人樣，尤其是金蓮三寸，男性造孽，真是無從說起，此後須有一大改變才有新機：要從一把女性當牛馬的文化轉成一男性自願為女性作牛馬的文化。適之說男人應盡力賺出錢來為女人打扮，我說這話太革命性了。鄒恩潤都怕有些不敢刊入名言錄了！

有天鵝絨悲哀的疑古玄同，有時確是瘋得有趣。

四月十四日

下午去龍華看桃花，到塔前為止，看不到半樹桃花，廢然返車。（**桃花在新龍華。**）入半淞園攝景，風沙塗面，半不像人。

母親今晚到，寓范園。

琬子常嚷頭疼，昨去看醫，說先天帶來的病，不即治且不治，淑筠今日又帶去中醫處，話說更凶，孩子們是不可太聰慧了。

曼說她妹子慧絕美絕，她自己只是個癡孩子。（曼昨晚又發跳病癢病，口說大臉的四金剛來也！真是孩子！）

案上插了一枝花便不寂寞。最宜人是月移花影上窗紗。

四月十二日

是春倦嗎，這幾天就沒有全醒過，總是睡昏昏的。早上先不能醒，夜間還不曾動手做事，瞌睡就來了。腦筋裏幾於完全沒有活動，該做的事不做，也不放在心上，不著急，逛了一次西湖反而逛呆了似的。想做詩吧，別說詩句，詩意都還沒有影兒，想寫一篇短文吧，一樣的難，差些日記都不會寫了。昨晚寫信只覺得一種懈惰在我的筋骨裏，使得我在說話上只選抵抗力最小的道兒走。字是不經挑擇的，句是沒有法則的，更說不上章法什麼，回想先前的信札是怎麼寫的，這回真有些感到更不如從前了。

難道一個詩人就配顛倒在苦惱中，一天逸豫了就不成嗎？而況像我的生活何嘗說得到逸豫？只是一樣，絕對的苦與惱確是沒有了的，現在我一不是攀登高山，二不是疾馳峻坂，我只是在平坦的道上安步徐行，這是我感到閉塞的一個原因。

天目的杜鵑已經半萎，昨寄三朵給雙佳廔。

我的墨池中有落紅點點。

譯哈代八十六歲自述一首，小曼說還不差，這一誇我靈機就動，又做得了一首：

殘春

昨天我瓶子裏斜插著的桃花，
是朵朵媚笑在美人的腮邊掛；
今兒它們全低了頭，全變了相——
紅的白的屍體倒懸在青條上。

窗外的風雨報告殘春的運命，
喪鐘似的音響在黑夜裏叮嚀：
「你那生命的瓶子裏的鮮花也
變了樣，艷麗的屍體，等你去收殮！」

注釋

①意為：就像波浪滾向那鋪滿卵石的海灘。

②應為一九二七年十二月二十七日。

③應為一九二八年一月一日。

我過的端陽節

我方才從南口回來。天是真熱，朝南的屋子裏都到九十度以上，兩小時的火車竟如在火窖中受刑，坐起一樣的難受。我們今天一早在野鳥開唱以前就起身，不到六時就騎騾出發，除了在永陵休息半小時以外，一直到下午一時餘，只是在高度的日光下趕路。我一到家，只覺得四肢的筋肉裏像用細麻繩紮緊似的難受，頭裏的血，像沸水似的急流，神經受了烈性的壓迫，彷彿無數燒紅的鐵條蛇盤似的絞緊在一起……

一進陰涼的屋子，只覺得一陣眩暈從頭頂直至踵底，不僅眼前望不清楚，連身子也有些支持不住。我就向著最近的籐椅上癱了下去，兩手按住急顫的前胸，緊閉著眼，縱容內心的渾沌，一片暗黃，一片茶青，一片墨綠，影片似的在倦絕的眼膜上扯過。

直到洗過了澡，神志方才回復清醒，身子也覺得異常的爽快，我就想了……

人啊，你不自己慚愧嗎？

野獸，自然的，強悍的，活潑的，美麗的；我只是羨慕你。

什麼是文明：只是腐敗了的野獸！你若是拿住一個文明慣了的人類，剝了他的衣服裝飾，奪了他作偽的工具——語言文字，把他赤裸裸的放在荒野裏看看——多麼「寒村」①的一個畜生呀！恐怕連長耳朵的小騾兒，都瞧他不起哪！

白天，狼虎放平在叢林裏睡覺，他躲在樹蔭底下發痧；晚上清風在樹林中演奏輕微的妙樂，鳥雀兒在巢裏做好夢，他倒在一塊石上發燒咳嗽——著了涼！

也不等狼虎去商量他有限的皮肉，也不必小雀兒去嘲笑他的懦弱；單是他平常歌頌的豔陽與涼風，甘霖與朝露，已夠他的受用：在幾小時之內可使他腦子裏消滅了金錢、名譽、經濟、主義等等的虛景，在一半天之內，可使他心窩裏消滅了人生的情感悲樂種種的幻象，在三兩天之內——如其那時還不曾受淘汰——可使他整個的超出了文明人的醜態，那時就叫他放下兩隻手來替腳平分走路的負擔，他也不以爲離奇，抵拚撕破皮肉爬上樹去採果子吃，也不會感覺到體面的觀念……

平常見了活潑可愛的野獸，就想起紅燒野味之美，現在你失去了文明的保障，但求彼此平等待遇兩不相犯，已是萬分的僥倖。

文明只是個荒謬的狀況；文明人只是個淒慘的現象，——

我騎在騾上嚷累叫熱，跟著啞巴的騾夫，比手勢告訴我他整天的跑路，天還不算頂熱，他一路很快活的不時採一朵野花，拆一莖麥穗，笑他古怪的笑，唱他啞巴的歌；我們到了客寓喝冰汽水喘息，他路過一條小澗時，撲下去喝一個貼面飽，同行的有一位說：「真的，他們這樣的胡喝，就不會害病，真賤！」

回頭上了頭等車坐在皮椅上嚷累叫熱，又是一瓶兩瓶的冰水，還怪嫌車裏不安電扇；同時前面火車頭裏司機的加煤的，在一百四五十度的高溫裏笑他們的笑，談他們的談……

田裏刈麥的農夫拱著棕黑色的裸背在工作，從早起已經做了八九時的工，熱烈的陽光在他們的皮上像在打出火星來似的，但他們卻不曾嚷腰酸叫頭痛……

我們不敢否認人是萬物之靈；我們卻能斷定人是萬物之淫；

什麼是現代的文明：只是一個淫的現象。

淫的代價是活力之腐敗與人道之醜化。

前面是什麼，沒有別的，只是一張黑沉沉的大口，在我們運定的道上張開等著，時候到了把我們整個的吞了下去完事！

六月二十日

注釋

①寒村，現作寒磣。

一封信（給抱怨生活乾燥的朋友）

得到你的信，像是掘到了地下的珍藏，一樣的希罕，一樣的寶貴。

看你的信，像是看古代的殘碑，表面是模糊的，意致卻是深微的。

又像是在尼羅河旁邊暮夜，在月亮正照著金字塔的時候，夢見一個穿黃金袍服的帝王，對著我作謎語，我知道他的意思，他說：「我無非是一個體面的木乃伊；」

又像是我在這重山腳下半夜夢醒時，聽見松林裏夜鷹的Soprano①，可憐的遭人厭毀的鳥，他雖則沒有子規那樣天賦的妙舌，但我卻懂得他的怨憤，他的理想，他的急調是他的嘲諷與咒詛；我知道他怎樣的鄙蔑一切，鄙蔑光明，鄙蔑煩囂的燕雀，也鄙棄自喜的畫眉；

又像是我在普陀山發現的一個奇景：外面看是一大塊岩石，但裏面卻早被海水蝕空，只剩羅漢頭似的一個腦殼，每次海濤向這島身摟抱時，發出極奧妙的音響，像是情話，像是咒詛，像是祈禱，在雕空的石筍、鐘乳間嗚咽，像大和琴的諧音在皋雪格②的古寺的花椽、石楹間回蕩——但除非你有耐心與勇氣，攀下幾重的石岩，俯身下去凝神的察看與傾聽，你也許永遠不會想像，不必說發現這樣的秘密；

又像是……但是我知道，朋友，你已經聽夠了我的比喻，也許你願意聽我自然的嗓音與不做作的語調，不願意收受用幻想的亮箔包裹著的話，雖則，我不能不補一句，你自己就是最喜歡從一個彎曲的白銀喇叭裏，吹弄你的古怪的調子。

你說：「風大土大，生活乾燥。」這話彷佛是一陣奇怪的涼風，使我感覺一個恐怖的戰慄；像一團飄零的秋葉，使我的靈魂裏掉下一滴悲憫的清淚。

我的記憶裏，我似乎自信，並不是沒有葡萄酒的顏色與香味，並不是沒有嫵媚的微笑的痕跡，我想我總可以抵抗你那句灰色的語調的影響——

是的，昨天下午我在田裏散步的時候，我不是分明看見兩塊凶惡的黑雲消滅在太陽猛烈的光焰裏，五隻小山羊，兔子一樣的白淨，聽著她們媽的吩咐在路旁尋草吃，三個捉草的小孩在一個稻屯前拋擲鐮刀；自然的活潑給我不少的鼓舞，我對著白雲裏矗著的寶塔喊說我知道生命是有意趣的。

今天太陽不曾出來，一捆捆的雲在空中緊緊的挨著，你的那句話碰巧又添上了幾重雲蒙，我又疑惑我昨天的宣言了。

我也覺得奇怪，朋友，何以你那句話在我的心裏，竟像白堊塗在玻璃上，這半透明的沉悶是一種很巧妙的刑罰；我差不多要喊痛了。

我向我的窗外望，暗沉沉的一片，也沒有月亮，也沒有星光，日光更不必想，他早已離別了，那邊黑蔚蔚的是林子，樹上，我知道，是夜鴞的寓處，樹下累累的在初夜的微芒中排列著，我也知道，是墳墓，僵的白骨埋在硬的泥裏，磷火也不見一星，這樣的靜，這樣的慘，黑夜的勝利是完全的了。

我閉著眼向我的靈府裏問訊，呀，我竟尋不到一個與乾燥脫離的生活的意象，乾燥像一個影子，永遠跟著生活的腳後，又像是蔥頭的蔥管，永遠附著在生活的頭頂，這是一件奇事。

朋友，我抱歉，我不能答覆你的話，雖則我很想，我不是爽愷的西風，吹不散天上的雲羅，我手裏只有一把粗拙的泥鍬，如其有美麗的理想或是希望要埋葬，我的工作倒是現成的——我也有過我的經驗。

朋友，我並且恐怕，說到最後，我只得收受你的影響，因為你那句話已經凶狠的咬入我的心裏，像一個有毒的蠍子，已經沉沉的壓在我的心上，像一塊盤陀石，我只能忍耐，我只能忍耐……

二月二十六日

注釋

①女高音。

②英文Gothic的音譯，通譯哥德式，歐洲中世紀的一種建築風格。

自剖

我是個好動的人；每回我身體行動的時候，我的思想也彷彿就跟著跳蕩。我做的詩，不論它們是怎樣的「無聊」，有不少是在行旅期中想起的。我愛動，愛看動的事物，愛活潑的人，愛水，愛空中的飛鳥，愛車窗外掣過的田野山水。星光的閃動，草葉上露珠的顫動，花鬚在微風中的搖動，雷雨時雲空的變動，大海中波濤的洶湧，都是在在觸動我感興的情景。是動，不論是什麼性質，就是我的興趣，我的靈感。是動就會催快我的呼吸，加添我的生命。

近來卻大大的變樣了。第一我自身的肢體，已不如原先靈活；我的心也同樣的感受了不知是年歲還是什麼的拘縶。動的現象再不能給我歡喜，給我啓示。先前我看著在陽光中閃爍的金波，就彷彿看見了神仙宮闕——什麼荒誕美麗的幻覺，不在我的腦中一閃閃的掠過；現在不同了，陽光只是陽光，流波只是流波，任憑景色怎樣的燦爛，再也照不化我的呆木的心靈。我的思想，如其偶爾有，也只似岩石上的藤蘿，貼著枯乾的粗糙的石面，極困難的蜒著；顏色是蒼黑的，姿態是崛強的。

我自己也不懂得何以這變遷來得這樣的兀突，這樣的深徹。原先我在人前自覺竟是一注的流泉，在在有飛沫，在在有閃光；現在這泉眼，如其還在，彷彿是叫一塊石板不留餘隙的給鎮住了。我再沒有先前那樣蓬勃的情趣，每回我想說話的時候，就覺著那石塊的重壓，怎麼也掀不動，怎麼也推不開，結果只能自安沉默！「你再不用想什麼了，你再沒有什麼可想的了」；「你再不用開口了，你再沒有什麼話可說的了，」我常覺得我沉悶的心府裡有這樣半嘲諷半弔唁的諄囑。

說來我思想上或經驗上也並不曾經受什麼過分劇烈的戟刺。我處境是向來順的，現在如其有不同，只是更順了的。那麼爲什麼這變遷？遠的不說，就比如我年前到歐洲去時的心境：啊！我那時還不是一隻初長毛角的野鹿？什麼顏色不激動我的視覺，什麼香味不興奮我的嗅覺？我記得我在意大利寫遊記的時候，情緒是何等的活潑，興趣何等的醇厚，一路來眼見耳聽心感的種種，那一樣不活栩栩的叢集在我的筆端，爭求充分的表現！如今呢？我這次到南方去，來回也有一個多月的光景，這期內眼見耳聽心感的事物也該有不少。我未動身前，又何嘗不自喜此去又可以有機會飽餐西湖的風色，鄧尉的梅香——單提一兩件最合我脾胃的事。有好多朋友也曾期望我在這閒暇的假期中採集一點江南風趣，歸來時，至少也該帶回一兩篇爽口的詩文，給在北京泥土的空氣中活命的朋友們一些清醒的消遣。但在事實上不但在南中時我白瞪著大眼，看天亮換天昏，又閉上了眼，拚天昏換天亮，一枝禿筆跟著我涉海去，又跟著我涉海回來，正如巖洞裡的一根石筍，壓根兒就沒一點搖動的消息；就在我回京後這十來天，任憑朋友們怎樣的催促，自己良心怎樣的責備，我的筆尖上還是滴不出一點墨沉來。我也曾勉強想想，勉強想寫，但到底還是白費！可怕是這心靈驟然的呆頓。完全死了不成？我自已在疑惑。

說來是時局也許有關係。我到京幾天就逢著空前的血案。五卅事件發生時我正在意大利山中，採茉莉花編花籃兒玩，翡冷翠山中只見明星與流螢的交喚，花香與山色的溫存，俗氛是吹不到的。

直到七月間到了倫敦，我才理會國內風光的慘淡，等得我趕回來時，設想中的激昂，又早變成了明日黃花；看得見的痕跡只有滿城黃牆上墨彩斑斕的「泣告」。

這回卻不同。屠殺的事實不僅是在我住的城子裡發現，我有時竟覺得是我自己的靈府裡的一個慘象。殺死的不僅是青年們的生命，我自己的思想也彷彿遭著了致命的打擊，比是國務院前的斷肢殘肢，再也不能回復生動與連貫。但這深刻的難受在我是無名的，是不能完全解釋的。這回事變的奇慘性引起憤慨與悲切是一件事，但同時我們也知道在這根本起變態作用的社會裡，什麼怪誕的情形都是可能的。屠殺無辜，還不是年來最平常的現象。自從內戰糾結以來，在受戰禍的區域內，哪一處村落不曾分到過遭姦污的女性，屠殘的骨肉，供犧牲的生命財產？這無非是給冤氛團結的地面上多添一團更集中更鮮艷的怨毒。再說哪一個民族的解放史能不濃濃的染著Martyrs①的腔血？俄國革命的開幕就是二十年前冬宮的血景。只要我們有識力認定，有膽量實行，我們理想中的革命，這回羔羊的血就不會是白塗的。所以我個人的沉悶決不完全是這回慘案引起的感情作用。

愛和平是我的生性。在怨毒、猜忌、殘殺的空氣中，我的神經每每感受一種不可名狀的壓迫。記得前年奉直戰爭時我過的那日子簡直是一團黑漆，每晚更深時，獨自抱著腦殼伏在書桌上受罪，彷彿整個時代的沉悶蓋在我的頭頂——直到寫下了《毒藥》那幾首不成形的咒詛詩以後，我心頭的緊張才漸漸的緩和下去。這回又有同樣的情形；只覺著煩，只覺著悶，感想來時只是破碎，筆頭只是笨滯。結果身體也不舒暢，像是蠟油塗抹住了全身毛竅似的難過，一天過去了又是一天，我這裡又在重演更深獨坐箍緊腦殼的姿勢，窗外皎潔的月光，分明是在嘲諷我內心的枯窘！

不，我還得往更深處挖。我不能叫這時局來替我思想驟然的呆頓負責，我得往我自己生活的底裡找去。

平常有幾種原因可以影響我們的心靈活動。實際生活的牽掣可以劫去我們心靈所需要的閒暇，積成一種壓迫。在某種熱烈的想望不曾得滿足時，我們感覺精神上的煩悶與焦躁，失望更是顛覆內心平衡的一個大原因；較劇烈的種類可以痲痺我們的靈智，淹沒我們的理性。但這些都合不上我的病源；因爲我在實際生活裡已經得到十分的幸運，我的潛在意識裡，我敢說不該有什麼壓著的慾望在作怪。

但是在實際上反過來看另有一種情形可以阻塞或是減少你心靈的活動。我們知道舒服、健康、幸福，是人生的目標，我們因此推想我們痛苦的起點是在望見那些目標而得不到的時候。我們常聽人說「假如我像某人那樣生活無憂我一定可以好好的做事，不比現在整天的精神全花在瑣碎的煩惱上。」我們又聽說「我不能做事就爲身體太壞；若是精神來得，那就……」我們又常常設想幸福的境界，我們想「只要有一個意中人在跟前那我一定奮發，什麼事做不到？」但是不，在事實上，舒服、健康、幸福，不但不一定是幫助或獎勵心靈生活的條件，它們有時正得相反的效果。我們看不起有錢人、在社會上得意人、肌肉過分發展的運動家，也正在此；至於年少人幻想中的美滿幸福，我敢說等得當真有了紅袖添香，你的書也就讀不出所以然來，且不說什麼在學問上或藝術上更認真的工作。

那麼生活的滿足是我的病源嗎？

「在先前的日子」，一個真知我的朋友，就說：「正為是你生活不得平衡，正為你有慾望不得滿足，你的壓在內裡的Libido②就形成一種昇華的現象，結果你就借文學來發洩你生理上的鬱結（你不常說你從事文學是一件不預期的事嗎？）這情形又容易在你的意識裡形成一種虛幻的希望，因為你的寫作得到一部分讚許，你就自以為確有相當創作的天賦以及獨立思想的能力。但你只是自冕自，實在你並沒有什麼超人一等的天賦，你的設想多半是虛榮，你的以前的成績只是昇華的結果。所以現在等得你生活換了樣，感情上有了安頓，你就發現你向來寫作的來源頓呈萎縮甚至枯竭的現象；而你又不願意承認這情形的實在，妄想到你身子以外去找你思想枯窘的原因，所以你就不由的感到深刻的煩悶。你只是對你自己生氣，不甘心承認你自己的本相。不，你原來並沒有三頭六臂的！

「你對文藝並沒有真興趣，對學問並沒有真熱心。你本來沒有什麼更高的志願，除了相當合理的生活，你只配安分做一個平常人，享你命裡鑄定的『幸福』；在事業界，在文藝創作界，在學問界內，全沒有你的位置，你真的沒有那能耐。不信你只要自問在你心裡的心裡有沒有那無形的『推力』，整天整夜的惱著你，逼著你，督著你，放開實際生活的全部，單望著不可捉摸的創作境界裡去冒險？是的，頂明顯的關鍵就是那無形的推力或是行動（The Impulse），沒有它人類就沒有科學，沒有文學，沒有藝術，沒有一切超越功利實用性質的創作。你知道在國外（國內當然也有，許沒那樣多）有多少人被這無形的推力驅使著，在實際生活上變成一種離魂病性質的變態動物，不但人間所有的虛榮永遠沾不上他們的思想，就連維持生命的睡眠飲食，在他們都失去了重要，他們全部的心力只是在他們那無形的推力所指示的特殊方向上集中應用。怪不得有人說天才是瘋癲；我們在巴黎、倫敦不就到處碰得著這類怪人？如其他是一個美術家，惱著他的就只怎樣可以完全表現他那理想中的形體，一個線條的準確，某種色彩的調諧，在他會得比他生身父母的生死與國家的存亡更重要，更迫切，更要求注意。我們知道專門學者有終身掘墳墓的，研究蚊蟲生理的，觀察億萬萬里外一個星的動定的。並且他們決不問社會對於他們的勞力有否任何的認識，那就是虛榮的進路；他們是被一點無形的推力的魔鬼蠱定了的。

「這是關於文藝創作的話，你自問有沒有這種情形。你也許經驗過什麼『靈感』，那也許有，但你卻不要把剎那誤認作永久的，虛幻認作真實。至於說思想與真實學問的話，那也得背後有一種推力，方向許不同，性質還是不變。做學問你得有原動的好奇心，得有天然熱情的態度去做求知識的工夫。真思想家的準備，除了特強的理智，還得有一種原動的信仰；信仰或尋求信仰，是一切的思想的出發點：極端的懷疑派思想也只是期望重新位置信仰的一種努力。從古來沒有一個思想家不是宗教性的。在他們，各按各的傾向，一切人生的和理智的問題是實在有的；神的有無，善與惡，本體問題，認識問題，意志自由問題，在他們看來都是含逼迫性的現象，要求合理的解答——比山嶺的崇高，水的流動，愛的甜蜜更真，更實在，更聳動。他們的一點心靈，就永遠在他們設想的一種或多種問題的周圍飛舞、旋繞，正如燈蛾之於火焰：犧牲自身來貫徹火焰中心的秘密，是他們共有的決心。

「這種慘烈的情形，你怕也沒有吧？我不說你的心幕上就沒有思想的影子；但它們怕只是虛影，像水面上的雲影，雲過影子就跟著消散，不是石上的霤痕越日久越深刻。

「這樣說下來，你倒可以安心了！因爲個人最大的悲劇是設想一個虛無的境界來謊騙你自己；騙不到底的時候你就得忍受『幻滅』的莫大的苦痛。與其那樣，還不如及早認清自己的深淺，不要把不必要的負擔，放上支撐不住的肩背，壓壞你自己，還難免旁人的笑話！朋友，不要迷了，定下心來享你現成的福分吧；思想不是你的分，文藝創作不是你的分，獨立的事業更不是你的分！天生扛了重擔來的那也沒法想（哪一個天才不是活受罪！）你是原來輕鬆的，這是多可羨慕，多可賀喜的一個發現！算了吧，朋友！」

三月二十五至四月一日

注釋

①殉難者、烈士。

②通譯里比多，為佛洛伊德所創的一個心理學名詞，指愛的本能或生存本能。

再剖

你們知道喝醉了想吐吐不出或是吐不爽快的難受不是？這就是我現在的苦惱；腸胃裏一陣陣的作嘔，腥膩從食道裏往上泛，但這喉關偏跟你彆扭，它捏住你，逼住你，逗著你——不，它且不給你痛快哪！前天那篇「自剖」，就比是哇出來的幾口苦水，過後只是更難受，更覺著往上冒。我告你我想要怎麼樣。我要孤寂：要一個靜極了的地方——森林的中心，山洞裏，牢獄的暗室裏——再沒有外界的影響來逼迫或引誘你的分心，再不須計較旁人的意見，喝采或是嘲笑；當前唯一的對象是你自己：你的思想，你的感情，你的本性。那時它們再不會躲避，不會隱遁，不會裝作；赤裸裸的聽憑你察看、檢驗審問。你可以放膽解去你最後的一縷遮蓋，袒露你最自憐的創傷，最掩諱的私褻。那才是你痛快一吐的機會。

但我現在的生活情形不容我有那樣一個時機。白天太忙（在人前一個人的靈性永遠是蜷縮在殼內的蝸牛），到夜間，比如此刻，靜是靜了，人可又倦了，惦著明天的事情又不得不早些休息。啊，我真羨慕我臺上放著那塊唐磚上的佛像，他在他的蓮臺上瞑目坐著，什麼都搖不動他那入定的圓澄。我們只是在煩惱網裏過日子的眾生，怎敢企望那光明無礙的境界！有鞭子下來，我們躲；見好吃的，我們唾涎；聽聲響，我們著忙；逢著痛癢，我們著惱。我們是鼠、是狗、是刺蝟、是天上星星與地上泥土間爬著的蟲。哪裡有工夫，即使你有心想親近你自己？哪裡有機會，即使你想痛快的一吐？

前幾天也不知無形中經過幾度掙扎，才嘔出那幾口苦水，這在我雖則難受還是照舊，但多少總算是發洩。事後我私下覺著愧悔，因爲我不該拿我一己苦悶的骨鯁，強讀者們陪著我吞咽。是苦水就不免薰蒸的惡味。我承認這完全是我自私的行爲，不敢望恕的。我唯一的解嘲是這幾口苦水的確是從我自己的腸胃裏嘔出——不是去髒水桶裏舀來的。我不曾期望同情，我只要朋友們認識我的深淺——（**我的淺？**）我最怕朋友們的容寵容易形成一種虛擬的期望；我這操刀自剖的一個目的，就在及早解卸我本不該扛上的擔負。

是的，我還得往底裏挖，往更深處剖。

最初我來編輯副刊，我有一個願心。我想把我自己整個兒交給能容納我的讀者們，我心目中的讀者們，說實話，就只這時代的青年。我覺著只有青年們的心窩裏有容我的空隙，我要偎著他們的熱血，聽他們的脈搏。我要在我自己的情感裏發現他們的情感，在我自己的思想裏反映他們的思想。假如編輯的意義只是選稿、配版、付印、拉稿，那還不如去做銀行的夥計——有出息得多。我接受編輯晨副的機會，就爲這不單是機械性的一種任務。（**感謝晨報主人的信任與容忍**），晨報變了我的喇叭，從這管口裏我有自由吹弄我古怪的不調諧的音調，它是我的鏡子，在這平面上描畫出我古怪的不調諧的形狀。我也決不掩諱我的原形：我就是我。記得我第一次與讀者們相見，就是一篇供狀。我的經過，我的深淺，我的偏見，我的希望，我都曾經再三的聲明，怕是你們早聽厭了。但初起我有一種期望是真的——期望我自己。也不知那時間為什麼原因我竟有那活棱棱的一副勇氣。我宣言我自己跳進了這現實的世界，存心想來對準人生的面目認他一個仔細。我信我自己的熱心（不是知識）多少可以給我一些對敵力量的。我想拚這一天，把我的血肉與靈魂，放進這現實世界的磨盤裏去捱，鋸齒下去拉，——我就要嘗那味兒！只有這樣，我想才可以期望我主辦的刊物多少是一個有生命氣息的東西；才可以期望在作者與讀者間發生一種活的關係；才可以期望讀者們覺著這一長條報紙與黑的字印的背後，的確至少有一個活著的人與一個動著的心，他的把握是在你的腕上，他的呼吸吹在你的臉上，他的歡喜，他的惆悵，他的迷惑，他的傷悲，就比是你自己的，的確是從一個可認識的主體上發出來的變化——是站在臺上人的姿態，——不是投射在白幕上的虛影。

並且我當初也並不是沒有我的信念與理想。有我崇拜的德性，有我信仰的原則。有我愛護的事物，也有我痛疾的事物。往理性的方向走，往愛心與同情的方向走，往光明的方向走，往真的方向走，往健康快樂的方向走，往生命，更多更大更高的生命方向走——這是我那時的一點「赤子之心」。我恨的是這時代的病象，什麼都是病象：猜忌、詭詐、小巧、傾軋、挑撥、殘殺、互殺、自殺、憂愁、作偽、骯髒。我不是醫生，不會治病；我就有一雙手，趁它們活靈的時候，我想，或許可以替這時代打開幾扇窗，多少讓空氣流通些，濁的毒性的出去，清醒的潔淨的進來。

但緊接著我的狂妄的招搖，我最敬畏的一個前輩（看了我的弔劉叔和文）就給我當頭一棒：

> ……既立意來辦報而且鄭重宣言「決意改變我對人的態度」，那麼自己的思想就得先磨冶一番，不能單憑主覺，隨便說了就算完事。迎上前去，不要又退了回來！一時的興奮，是無用的，說話越覺得響亮起勁，跳躑有力，其實即是內心的虛弱，何況說出衰頹懊喪的語氣，教一般青年看了，更給他們以可怕的影響，似乎不是志摩這番挺身出馬的本意！……

迎上前去，不要又退了回來！這一喝這幾個月來就沒有一天不在我「虛弱的內心」裏迴響。實際上自從我喊出「迎上前去」以後，即使不曾撐開了往後退，至少我自己覺不得我的腳步曾經向前挪動。今天我再不能容我自己這夢夢的下去。算清虧欠，在還算得清的時候，總比窩著混著強。我不能不自剖。冒著「說出衰頹懊喪的語氣」的危險，我不能不利用這反省的鋒刃，劈去糾著我心身的累贅、淤積，或許這來倒有自我真得解放的希望？

想來這做人真是奧妙。我信我們的生活至少是複性的。看得見，覺得著的生活是我們的顯明的生活，但同時另有一種生活，跟著知識的開豁逐漸胚胎、成形、活動，最後支配前一種的生活比是我們投在地上的身影，跟著光亮的增加漸漸由模糊化成清晰，形體是不可捉的，但它自有它的奧妙的存在，你動它跟著動，你不動它跟著不動。在實際生活的匆遽中，我們不易辨認另一種無形的生活的並存，正如我們在陰地裏不見我們的影子；但到了某時候某境地忽的發現了它，不容否認的踵接著你的腳跟，比如你晚間步月時發現你自己的身影。它是你的性靈的或精神的生活。你覺到你有超實際生活的性靈生活的俄頃，是你一生的一個大關鍵！你許到極遲才覺悟（有人一輩子不得機會），但你實際生活中的經歷、動作、思想，沒有一絲一屑不同時在你那跟著長成的性靈生活中留著「對號的存根」，正如你的影子不放過你的一舉一動，雖則你不注意到或看不見。

我這時候就比是一個人初次發現他有影子的情形。驚駭、訝異、迷惑、聳悚、猜疑、恍惚同時並起，在這辨認你自身另有一個存在的時候。我這輩子只是在生活的道上盲目的前衝，一時踹入一個泥潭，一時踏折一支草花，只是這無目的的奔馳；從哪裡來，向哪裡去，現在在那裡，該怎麼走，這些根本的問題卻從不曾到我的心上。但這時候突然的，恍然的我驚覺了。彷彿是一向跟著我形體奔波的影子忽然阻住了我的前路，責問我這匆匆的究竟是為什麼！

一種新意識的誕生。這來我再不能盲衝，我至少得認明來蹤與去跡，該怎樣走法如其有目的地，該怎樣準備如其前程還在遙遠？

啊，我何嘗願意吞這果子，早知有這多的麻煩！現在我第一要考查明白的是這「我」究竟是怎麼一回事；然後再決定掉落在這生活道上的「我」的趕路方法。以前種種動作是沒有這新意識作主宰的；此後，什麼都得由它。

四月五日

徐志摩作品精選：2

我所知道的康橋【經典新版】

作者：徐志摩
發行人：陳曉林
出版所：風雲時代出版股份有限公司
地址：10576台北市民生東路五段178號7樓之3
電話：(02) 2756-0949
傳真：(02) 2765-3799
執行主編：朱墨菲
美術設計：吳宗潔
行銷企劃：林安莉
業務總監：張瑋鳳

初版日期：2019年1月
ISBN：978-986-352-533-2

風雲書網：http://www.eastbooks.com.tw
官方部落格：http://eastbooks.pixnet.net/blog
Facebook：http://www.facebook.com/h7560949
E-mail：h7560949@ms15.hinet.net
劃撥帳號：12043291
戶名：風雲時代出版股份有限公司

風雲發行所：33373桃園市龜山區公西村2鄰復興街304巷96號
電話：(03) 318-1378
傳真：(03) 318-1378
法律顧問：永然法律事務所 李永然律師
北辰著作權事務所 蕭雄淋律師

行政院新聞局局版台業字第3595號 營利事業統一編號22759935

定價：220元

國家圖書館出版品預行編目資料

徐志摩作品精選：2 我所知道的康橋 經典新版 /
徐志摩著. -- 臺北市：風雲時代, 2018.12 面；公分

ISBN 978-986-352-533-2（平裝）

855 107017949